錢鍾書和他的時代

厦門大學錢鍾書學術研討會論文集

謝泳

目　次

錢鍾書對新人文主義的誤讀

澳門大學中文系

龔剛

錢鍾書曾在上海寓居多年，對上海的世情風物了然於心。《圍城》女角孫柔嘉的精明務實，另一不甚起眼的角色張吉民的崇洋和勢利，就頗能代表上海人的性格，或者說，頗為符合「外省人」對上海人的想像。

近日翻看錢鍾書的英文著述，意外發現了一則談論上海人的短札，原題為「Apropos of the Shanghai Man」(〈關於上海人〉)[1]，刊於 1934 年 11 月 1 日的《中國評論週報》(The China Critic)。

此文雖極簡短，但閱讀障礙卻不小，其間摻雜著一些法文、專有名詞（如白璧德主義，拉伯雷式的幽默），還引用了波德賴爾、喀塞克斯的詩文和議論，用詞也相當古奧，接近於《談藝錄》或《管錐編》中的一則。

此文的靈感來自於六十年前某個周日的午後。其時，錢鍾書正走在南京路，天陰，人流擁塞，鬱悶中，波德賴爾的詩句浮現眼前：

「天空：巨大的黑色壺蓋，無數世代的人類在壺中沸騰。」

---

[1] 全文見附錄。

喀塞克斯式的感傷也隨之而生：那些充塞上海街頭的路人，百年之後，將無一倖存。

以上算是起興。

其後，錢鍾書切入正題說，北京人屬於過去，上海人屬於現在，甚至屬於未來。言辭間對上海人頗為推許。但何以上海人就該是新人類或新新人類，北京人就該是遺老遺少，錢鍾書卻未置一辭。

錢氏著書，雅好「發凡張本」，且寄望後來者「於義則引而申之，於例則推而益之」。[2]此處的上海人北京人之辨，顯係張本之論，非「引而申之」不足以暢其義。

北京乃六朝古都，多皇家遺址，多堂皇廢墟，百年風沙難掩一脈王氣。北京人以天子腳下臣民自居、自傲，遛鳥閒談間，也透著不可方物的神色。作為北京普通民居的四合院頗有點小紫禁城的意味，門一關，老子天下第一，窗一掩，管他春夏和秋冬。世變雖亟，老北京的舒緩步態卻依然故我。北京城因而宜於魯迅鈔古碑，知堂喝釅茶，西諦訪詩箋，老舍談小吃。上海並無輝煌的歷史可供炫耀，開埠之前，不過是一鄉野之地，上海人因此也無歷史包袱可背，輕裝上陣，崇洋趨新，遂建成遠東第一大都會，其情形頗似本為小漁村的深圳一變而為繁華之城。發了跡的上海人，開始瞧不起「外省人」，開口「阿拉上海人」，閉口「鄉巴佬」，其種群區分的認真程度，實不亞於古中國人之夷夏大防，白種人之歧視黑人。人難免忘本，上海人大概也生怕讓外人看見其「鄉巴佬」祖宗的牌位。

北京人和上海人，一遺老，一新貴，皆有傲慢之底氣與心氣，兩者相遇，當有一番好戲看。浮沉幾度的京派、海派之爭，表面

2　見牟曉朋等編：《記錢鍾書》，第 100 頁，大連，大連出版社，1995。

看來只是學術風格、藝術風格的衝突，一者以嚴謹保守自持，一者以大膽變格自命，但就其深層的人文氣質而言，則是一場文化遺老與文化新貴不可避免的交鋒。這場交鋒註定會像「百年戰爭」一般膠著，海派的天馬行空撼不動京派的穩紮穩打，京派的穩紮穩打也繫不住海派的天馬行空。作為旁觀者，只要有熱鬧可看也就心滿意足了。

北京曾以八大胡同聞名，上海曾以十里洋場著稱。八大胡同乃傳統青樓文化之餘脈，留連其中之舊文人，所鍾情者在於蘇小小式的「古典美」，十里洋場乃西風東漸之要衝，出入其中之新派文人，尋找的是穆時英式的「新感覺」。當古典主義者懷抱舊夢、淺斟低吟之時，「新感覺派」已劃著瀟灑的「狐步舞」，衝出了歷史的藩籬。錢鍾書所謂北京人乃昔之中國人、上海人乃今之中國人之說，於此亦得一佐證。

錢氏又謂，彼時中國文學中之「上海人」乃白璧德主義者之代名詞，精明，講效率，善於克制，自以為是，且有少許粗俗習氣和市井氣。國人皆知上海人「精明」，「精明」二字倒確乎可以作為上海人的商標。民國時期海上作家張愛玲、蘇青以細膩近於瑣碎地筆觸刻劃了不少上海小市民，他們棲居於逼仄的弄堂，精打細算著生計，也精打細算著愛情。張愛玲因而拈出「個人主義」這一當時頗為摩登的新名詞標記其筆下人物，倒還算實在[3]，遠不如錢鍾書端出的「白璧德主義」這枚大印讓人感到出奇。白璧德（Irving Babbitt）在民國時期的學界可是一紅人，其名聲僅次於羅素、杜威，吳宓、梅光迪、梁實秋等文化名人皆是其中國門生。白璧德乃「新人文主義」領軍人物。「新人文主義」作為二十世紀

---

[3]　參閱拙文〈西方個人主義的東漸與「變形」：以張愛玲《傾城之戀》為個案〉，《中國比較文學》2008 年第 3 期。

文化保守主義派別，力圖復活古典人文精神以解救西方現代社會的危機。該流派大唱「人道主義」的反調，以為後者肯定感性欲求和人的自然權利，乃是打開了潘朵拉寶盒，導致任情縱慾、道德淪喪，遂主張以道德理性節制情感，通過自律、克制來達到個體完善。錢鍾書稱上海人為「白璧德主義者」，言下之意即是說，正宗的上海人都是些「新人文主義者」，這頂帽子實在太高太大，倘若套在孫柔嘉、張吉民、范柳原、白流蘇之類人物頭上，恐怕會招來沐猴而冠之譏。

　　上海人精明、善於克制，其氣質確實類乎「新人文主義者」，如果由此而把兩者劃上等號，那就是皮相之見了，用錢鍾書本人的說法，這叫「強瓜皮以搭李皮」。道理很簡單，「新人文主義」強調的是人應當以道德理性節制情感，而不僅僅是主張人應當善於節制。柏拉圖把人的靈魂分成理性、激情、慾望三部分，進而強調人應當以理性駕馭激情和慾望，他所謂理性，也具有道德理性的內涵。[4]柏拉圖的弟子亞里斯多德雖然在影響焦慮的潛意識作用下喜唱師傅的反調，但在主張以理性節制慾望、以美德的追尋為存在意義這一點上卻到底沒有跳出柏拉圖的掌心，他還特別強調節制（temperance）德性乃通向至善（the highest good）的必由之路[5]，以上述理念為核心，衍生出西方古典倫理學史上著名的「亞里斯多德主義」。中世紀之後的西方古典主義試圖通過復興古希臘文化以療治西方人的心性，其中就包含著古希臘式的以理制慾的用心。新人文主義顯然是從亞里斯多德主義到西方古典主義這條思想脈絡上結出的一個新品種。這貫通西方思想史的三大主義

---

[4]　柏拉圖：《理想國》（郭斌和、張竹明譯）第四卷，第 169 頁，北京，商務印書館，1996。

[5]　Aristotle, The Nicomachean Ethics, 1153a, translated with Commentaries and Glossary by Hippocrates G. Apostle,　Holland: D. Reidel Publishing Company.

體現出西方歷代哲人試圖馴服慾望這頭怪獸的不懈努力，這種努力和伸張自由意志、崇尚自然權利的西方自由主義傳統看似對立，實則具有互補關係。國人對自由主義個人主義（liberal individualism）的最大誤解就是誤以為該思想流派乃是個人利益、個人慾望的形上說辭，並把該流派判定為任情縱慾、道德淪喪等末世主義道德罪的教唆犯。其實，古典自由主義的精義恰恰是主張自由的前提就是限制，這表明自由主義傳統實則和亞里斯多德主義難以判然兩分，兩者的互動恰恰催生了自由意志與秩序並重的西方現代文明。清代朴學家戴東原在他的名著《孟子字義疏證》中反對存天理而滅人慾，主張「遂民之慾」，「節而不過」，簡直可以說是合亞理斯多德主義、自由主義個人主義的思想精義為一體，也可以說是原始儒家「樂而不淫」理念的精確注腳與合理延伸。[6]

　　就實質而言，上海人的克制與新人文主義主張的以理制慾及戴東原式的「節而不過」根本搭不上邊，新人文主義者與戴東原所主張的節制，是以至善為目標，上海人的克制是為了更好地實現個人利益。上海人的精明就體現在他們不會因為感情衝動而作出最終有損自己利益的選擇，比如，一些上海女人絕不會因為動了感情就嫁人，她們和白流蘇一樣，首先考慮的是一場婚姻給她們帶來的物質利益。換言之，上海人用以馴服慾望和激情的繩套，並非道德理性，而是實用理性。錢鍾書把「新人文主義者」這頂高帽套到上海人頭上，委實套錯了地方。

---

[6]　參閱拙著《儒家倫理與現代敘事》第六章第二節「儒家倫理與現代性謀劃的相容性：以戴震的『理欲』說為例」，臺北，文史哲出版社，2008 年 1 月。

附錄

錢鍾書〈關於上海人〉原文
Apropos of the "Shanghai Man"

Chien Chung-shu

Walking along Nanking Road in a sunless Sunday afternoon, I recalled in a flash the concluding lines of Baudelaire's Le Couvercle:

"Le ciel! couvercle noir de la grande marmite Ou bout l'imperceptible et vaste Humanite. (The sky: the black lid of the mighty pot Where the vast human generations boil!) "

The lines seemed suddenly to embody themselves before my eyes. The gloomy overcast sky and the seething throng of human animals conspired to jerk, so to speak, these terrible lines into concrete visualisation. And especially the vast throng of Sunday-making people, so stupendous and overwhelming! The very thing to move Xerxes to tears over the sentimental reflection that not one of these multitudes would be alive when a hundred years had gone by.

Just as the "Peking Man " (that paleontological reconstruction) is the Chinaman of the past, so the "Shanghai Man" is the Chinaman of the present, and—who knows?—might be that of the future too. In current Chinese literature, the term "Shanghai Man" has long been used as the synonym for a Babbitian sort of person, smart, efficient, self-complacent, with ever so slight a touch of vulgarity. He has the best of everything and is healthily innocent of all spiritual fermentations. Mammon is in Heaven and all's right with the world! Like the poet, the "Shanghai Man" is born, not made. Not everybody living or buried alive in Shanghai can be the blessed "Shanghai Man." We poor journalists, for example, have certainly no claim to that honorific title. And of that huge Sunday-making crowd at least twenty per cent have been merely compelled to seek their living here, unadapted and unadaptable to Shanghai. I know many persons who have spent twenty or thirty years in Shanghai and yet remained to the end strangers in a strange land.

Now this failure to adapt oneself to one's milieu may be a case of what Bergson calls raideur and therefore fit for ridicule. But we might be mistaken; for this apparent raideur is perhaps the sign of strong character and superior intelligence. Have not men of powerful intellect and fine sensibility often complained within our hearing that they felt out of their element in Shanghai, or that they at once despised and envied the contentment of the "Shanghai Man" with his environment? It is no sheer accident that the campaign for humor inaugurated by the Analects Semi-monthly should have started among the Shanghai Intellectuals. In an article published in the China Critic several years ago, Dr. Y. T. Lin made a superfine analysis of the varieties of Chinese Humor. But this New Humor (of which Dr. Lin is himself the sponsor) is the Old Humor writ small: there is no Rabelaisian heartiness or Shakespearean broadness in it. It is full of subtle arrierepensees, refined petulance, and above all a kind of nostalgia as evinced in the loving memory of the academic life in Europe, the rehabilitation of the culture of the Ming dynasty, etc. This shows that our New Humorists are really out of humor with their surroundings and laugh probably because they are too civilised to weep.

A publicist lately spoke on the lack of "Culture" in Shanghai. He talked of founding libraries and other "cultural" institutions with a view to bringing sweetness and light to Shanghai. Sweetness and light indeed! Can there be anything other than sourness and gloom under "this black lid of the mighty pot"? (The China Critic, November 1st, 1934)

神秘主義並不神秘

——論錢鍾書對無言詩學的超越

廈門大學中文系

黎蘭

鄭朝宗先生曾公佈錢鍾書談論《管錐編》獨創性的的一封信,「弟因自思,弟之方法並非『比較文學』,in the usual sense of the term,而是求打通」,實例之一為「論哲學家文人對語言之不信任」,且認為在這一點上自己已「『打通』而拈出新意」[1]。可見,這是錢鍾書關於語言問題思考上的頗為自得的一大創見。當今學者對錢鍾書語言思想的論述並不罕見,但卻似乎尚無人論及這一論題。那麼,這話到底意味著什麼?錢鍾書的創見到底何在?這創見是小結裏的發現還是意在與當代語言哲學家對話?對我們現在的語言思考又有何啟迪呢?

一

錢鍾書指明,這論斷出自《管錐編》406 頁,按圖索驥,我們看到了對老子「道可道,非常道」的論述。此章已為錢學研究

---

[1] 鄭朝宗《管錐編》讀者的自白[N],北京:《人民日報》,1987 年 3 月 16 日。

界慣用熟知。錢鍾書大量引用了哲學家如柏拉圖、黑格爾、尼采、墨子、斯賓諾莎、霍柏士、邊沁、毛特納，文學家如陸機、陶潛、劉勰、黃庭堅、但丁、歌德等的言說，證明「責備語言，實繁有徒」。嘖有煩言的事實是：語言文字為人生日用所必須，是文人安身立命的地基，乃哲人著書立說的工具，但語言在傳情、說理、狀物、述事上總不能無欠無餘，清晰完整地傳達人們內心的思想與情意。人憑藉語言進行思考進行交流，但語言卻總造成迷誤滋生誤解，「常恨言語淺，不如人意深」。內在的情思轉化為外在的文字表達的挫敗，使得哲學家文人對語言不信任。為保持內在性靈和思維的完整性，只有走向沉默，老子的「道可道，非常道」就是這種思想的極致性表達：「以為至理妙道非言可喻，副墨洛誦乃守株待兔」，「《老子》開宗明義，勿外斯意。心行處滅，言語道斷。」[2]

　　錢鍾書總結道：「語文之於心志，為之役而亦為之累」。語言為人生大本之一，「人非呼吸眠食不生活，語言僅次之，公私百事，胥賴成辦。潛意識之運行，亦勿外言言語語」[3]，憑藉語言，我們才領會了世界認識了自己；但語言又是惑亂心目滋生繆妄的源頭，是時時可能帶來麻煩的禍根。不能用又不能離，與這狡猾若虺蛇的語言周旋則成了人類的命定的承擔。因此，指出「哲學家文人對語言的不信任」這一事實的來龍去脈，顯現出的是康德意義上的語言批判意識，錢鍾書邁出了走向語言本質的探究之途的第一步。

　　值得注意的是：在正本清源的推演中，錢鍾書將「道可道，非常道」解密為「語言之於心志」問題的「充類至盡，矯枉過正」

---

[2]　錢鍾書，管錐編[M]，北京：中華書局，1979。
[3]　錢鍾書，談藝錄[M]，北京：中華書局，1984。

的表達，並引用了海德格爾「人乃具理性之動物」本意為「人乃能言語之動物」的名言，同時將古希臘文的 logos 直接翻譯成「道」（原文為「古希臘文「道」（logos）兼「理」（ratio）與言「oratio」兩義」），錢鍾書將中國最具形而上神秘色彩的話題轉化成了當代語言哲學最為關注的思想與言說的關係，古今中外在此打通了。那麼，拈出的新意又是什麼呢？

> 世俗恒言：「知難而退」；然事難而人以之愈敢，勿可為而遂多方嘗試，拒之適所以挑之。道不可說、無能名，固須捲舌緘口，不著一字，顧又滋生橫說豎說、千名萬號，雖知其不能盡道而猶求億或偶中、抑各有所當焉。談藝時每萌此感。聽樂、讀畫，覿好色勝景，神會魂與，而欲明何故，則已大難，即欲道何如，亦類賈生賦中鵩鳥之有臆無詞。巧構形似，廣設譬喻，有如司空圖以還撰《詩品》者之所為，縱極描摹刻劃之功，僅收影響模糊之效，終不獲使他人聞見親切。是以或云詩文品藻只是繞不可言傳者而盤旋。亦差同「不知其名」，而「強為之名」矣！[4]

「道不可說、無能名，固須捲舌緘口，不著一字」，這是中國傳統哲學和詩學中最經典的命題：大美無言；「顧又滋生橫說豎說、千名萬號，雖知其不能盡道而猶求億或偶中、抑各有所當」，錢鍾書向傳統進行了挑戰：繞不可言說而盤旋，而且這種言說不再以司空圖《詩品》不能使人聞見親切「巧構形似，廣設譬喻」方式。那麼，什麼是使他人聞見親切的方法？難道尚有一種不用比喻來言道的方式？

---

[4]　錢鍾書，管錐編[M]，北京：中華書局，1979。

　　錢鍾書曾說，「我一貫的興趣是所謂的現象學」[5]，前文中用海德格爾的語言來解密老子的「大道無言」，已經看到他對海德格爾的重視和認同，在下文的論述中我們還可以看到海德格爾經常成為了他關鍵論點的支持者。因此，借用海德格爾的思想來理解錢鍾書在此遇到的挑戰和應對的思路，可以說正思想的相互照明應有的效應。海德格爾在意識到胡塞爾的意識現象學仍然未脫離主體性的框架時，超出的思路只能從對象性轉化為基本本體論，將對「意向性構成」的理解生存化為「投入的生活體驗」，而「達到這樣一個事情本身的領域只能通過向這個事情的純投入」[6]。張祥龍先生闡釋道：「要做出這樣的回答，就不可避免地要超出一切還以主客分離為前提的、認識論型的現象學，『投入』更本源的實際生活體驗中；尤其是要表明，這種生活體驗本身具有由它本身構成的而非外加的可理解性，而且這種理解可以被非抽象化地但又是貼切地（不僅僅是「象徵性地」）表達出來。」[7]以此為參照點，我們可以看出，錢鍾書對司空圖的不滿，類似於海德格爾對胡塞爾的不滿，因為《詩品》談藝，正是象徵性的「以象擬象」，「以鏡照鏡」[8]，而能在鏡中顯形的當然是一對象化的實體，多方比喻，不過是以語言去反映那個和語言同構的現實，這種考察只能是外在的、靜止的描述，當然達不到「使人親切聞見」的效果。錢鍾書對司空圖的否定，顯現的正是翻進一層決心：突入「不可言說」的內部，如庖丁入解牛，與「不可言說」周旋。「神秘經驗，初不神秘」[9]，這不正是投入「不可說的內部」後與同化後的自得與自信？

---

[5]　胡範鑄，錢鍾書學術思想研究[A]，上海：華東師範大學出版社，1993。
[6]　海德格爾，哲學的觀念與世界觀問題[M]，轉引自張祥龍《海德格爾傳》。
[7]　張祥龍，海德格爾傳[M]，北京：商務印書館，2007。
[8]　錢鍾書，談藝錄[M]，北京：中華書局，1984。
[9]　錢鍾書，談藝錄[M]，北京：中華書局，1984。

二

尋繹錢鍾書的「不可言說」的研究，我們可以看出，「不可說」不是鐵板一塊的實體，而是隨著不同的語境生成著不同的含義。舉其犖犖大者，大致可分為以下三種：

（一）不可說，實際上等於「不會說」

這可用黃庭堅的「口不能言，心下快活自省」為象徵。「心下快活自省」，內在的透明性說明這裏的「不能言」絲毫不涉及神秘之域，而是一種想說而說不出的苦惱，錢鍾書在老子「大道無言」的論述中引用劉禹錫「常恨言語淺，不如人意深」，「陸機《文賦》『恒患意不稱物，文不逮意』」，「歌德歎言為意勝」，說明詩人苦惱大多來自於這種私密性的情感無法言傳的焦慮。錢鍾書歷來主張「東海西海，心理攸同」，可想而知，在他的詞典中是不存在私有語言的問題的：「潛意識之運行，亦勿外言言語語」[10]、「且所謂『我』，亦正難與非『我』判分……故不僅發膚心性為『我』，即身外之物、意中之人，凡足以應我需、牽我情、供談藝錄我用者，亦莫非我有」[11]，複雜的內心世界無法傳達，只不過是我們還沒有能力、還未找到合適的語言將那詩意捉住，得心而不應手，技巧不夠成熟罷了。

因此，我們看到了錢鍾書對技巧的重視：「天籟須自人工求」，「讀書破萬卷，下筆如有神」，強調的既是思學相須的規律，更是

---

[10] 錢鍾書，談藝錄[M]，北京：中華書局，1984。
[11] 錢鍾書，談藝錄[M]，北京：中華書局，1984。

技巧習得的重要，因為只有這樣，我們才能狀難寫之物如在目前。在此錢鍾書批評了克羅齊的「大家之異於常人，非由於技巧熟練，能達常人所不能達；直為想像高妙，能想常人所不能想」執心棄物的偏見，而強調了「大家之能得心應手，正先由於得手應心。技術工夫，習物能應；真積力久，學化於才，熟而能巧。專恃技巧不成大家，非大家不須技巧也，更非若須技巧即不成大家也」[12]。

　　無獨有偶，海德格爾對技巧也十分重視，在他看來，「techne」的原本含義就是「帶上前來」或「讓其顯現」[13]，是揭去遮蔽進入存在的澄明的方法。在這個意義上，技巧其實也就是讓無形的大道有所道說的方法，是思轉化為詩的關鍵，它與語言本就是用與體的關係。「哪裡沒有語言，哪裡就沒有存在者的敞開……語言第一次為存在者命名，於是名稱把存在者首次攜入語詞，攜入現象。名稱根據其存在並指向存在為存在者命名——宣告出存在者以什麼身份進入公開場……取締存在者藏掩退逃於其中的一切混沌迷亂。」海德格爾的思維，讓我們明白了錢鍾書之所以強調技巧，正是強調語言本身，也明白了他論翻譯的名言「信包達雅」中對雅的重視的意味所在。

　　這麼說來，這一類「心下快活自省」的「不可言說」，實際上只是一種暫時的空白，彷彿是一種等待，一種籲請，一種挑戰，呼喚著後起的詩人攻城克關。因此，這類的不可言說，經常會成為後起的詩人運用語言的輝煌的表演，如黃庭堅這句詩本身，運用語言的反諷功能，巧妙地通過對語言無力的抱怨傳達出了人人心中所有，筆下所無的的境界。

---

[12]　錢鍾書，談藝錄[M]，北京：中華書局，1984。
[13]　海德格爾，林中路[A]。

（二）不可說，實際上是指「不應說」

這可用韓拙的「隱露立形」為象徵。我們先來看看錢鍾書對「隱露立形」的論述：

韓拙論山水：「韻者，隱露立形，備意不俗」；謂不盡畫出，而以顯豁呈「露」與「隱」約蔽虧，錯綜立形，烘托備意（concealment yet revelation）……郭熙《林泉高致・山水訓》曰：「山欲高，盡出之，則不高；煙霞鎖其腰，則高矣。水欲遠，盡出之，則不遠；掩映斷其脈，則達矣。」嘗歎茲言・足為韓拙語申意。「出」即「露」，而「鎖」與「斷」即「隱」矣。當代德國哲學家謂呈露而亦隱匿乃真理所具之性德，法國新文論師謂「亦見亦隱」之境界，如衣裳微開略露之人體，最能動情。（《管錐編》1358，第五冊 246）

錯綜立形，烘托備意，是構圖中的有與無的結構性的安排，可見，「隱露立形」，說的就是國畫中的虛實相生，錢鍾書以郭熙的〈山水訓〉來闡釋韓拙之語，更給人清晰顯豁之感：山之高、水之遠，並不存在無法描繪的困難，只是為了藝術的效果，才將山頭藏入雲海，流水掩入山林，這裏本無不可說的神秘，反而是人為地製造神秘。而能製造神秘，正是因為人類將面對神秘的不可說，轉化成了以不可說暗示神秘的技巧，「語文之於心志，為之而亦為之累」這裏被顛覆成了「為之累亦為役」，「隱露立形」成了人與語言周旋後妙用語言的戰果，它已然是藝術領域中放之四海的真理：「蓋任何景物，橫側看皆五光十色，任何情懷，反覆說皆千頭萬緒；非筆墨所易詳盡。倘鋪張描畫，徒為元遺山所譏杜陵之『詖詖』而已。掛一漏萬，何如舉一反三」[14]。這是我們詩學中最常道的話題：「半多於全」、「取之象外」、「帶晦方工」、「愈簡

---

[14] 錢鍾書，談藝錄[M]，北京：中華書局，1984。

愈深永」，錢鍾書也有大量對神韻、對意餘於象、含蓄與寄託的論述，而論韓拙那段文字中所引證的兩個外國人，更將我們引入到了現代文論的熱門領域：當代德國哲學家是海德格爾，他的呈露而亦隱匿即我們常說的遮蔽與解蔽的親密的區分，法國新文論師是羅蘭巴特，「衣裳微開略露之人體」即所謂的誘惑正在那「未曾顯現的顯現」；如果我們話題擴大到錢鍾書關於含蓄的所有的論述，我們還可以看到伊塞爾的「緘默祇是語言之背面，其輪廓乃依傍語言而得」[15]，彷彿這些炙手可熱的大人物，聚集一起參加著一個由錢鍾書主持的關於語言上含蓄的回憶。

有意思的是，錢鍾書探討老子的「大道無言」時，所舉的詩例中並不包涵這種反用神秘的「不可說」，原因似乎相當簡單：大道無言探討的是內在的思維無法得到外在的表達的困難，而這類「含蓄隱示，作者不著跡象而觀者宛在心目」[16]，並無難以言傳的焦慮。但並不等於說此類的言說只能是反覆論證空白點的重要和必須、傳授語言的修辭技巧，錢鍾書的相關的論述，在大前提上與上述古人今賢「心同理同」的同時，也時時顯現出自己的新發現。如對趙執信、王士禎的談龍之爭的評判後指出：

> 夫含蓄省略者，不顯豁詳盡之謂。依稀隱約，遠景也；蔽虧減削，近景也；其為事意餘於跡象，一也。王士禎拈出「遠人無目，遠水無波，遠山無皴」，特含蓄之遠景而已。[17]

含蓄作為放之四海的真理，它存在於所有的優秀作品中。不管是依稀隱約的遠景，還是蔽虧減削的近景，同本於視覺的「孕蘊趨

---

[15] 錢鍾書，談藝錄[M]，北京：中華書局，1984。
[16] 鄭朝宗《管錐編》讀者的自白[N]，北京：《人民日報》，1987 年 3 月 16 日。
[17] 鄭朝宗《管錐編》讀者的自白[N]，北京：《人民日報》，1987 年 3 月 16 日。

向」，都可以達到「意餘於象」的效果，張萱、吳道子、院工的工筆劃，左思《三都賦》鋪張排比，仍然得益於「意餘於象」的功能，「曲包餘味、秀溢目前之境地，非『清談』家數所可得而專」、「何必遠人無目方為含蓄哉！」[18]聯想到錢鍾書的〈論中國詩與中國畫〉，錢鍾書這是在批評中國文學史上的根深蒂固的偏見。

（三）不可說，實際上指「不能說」

這可用杜甫的「篇終結渾茫」作為象徵。我們還是先來看看錢鍾書的有關論述：

> 少陵〈寄高適岑參三十韻〉有云：「意愜關飛動，篇終接混茫」；「終」而曰「接」，即〈八哀詩・張九齡〉之「詩罷地有餘」，正滄浪謂「有盡無窮」之旨。……古希臘人 Theophrastus 早拈此義，爾後繼響寥寥。J.H.W・Atkins 僅言莎士比亞所見略同而已。十九世紀作者復大申隱秀含蓄、不落言詮之旨。如卡萊爾論象徵曰：「語言與靜默協力」，佩特論文曰：「須留與讀者思量」，象徵詩派闡揚此義，殆無遺蘊。馬拉美反覆致意於「無言無字之詩」，即在篇終言外著眼也。愛倫・坡祇求篇幅不長，馬拉美知詩之妙繫乎情詞不盡，可謂撥皮見真矣。[19]

「言盡而味無窮」、「隱秀含蓄」，看起來說的就是「半多於全」、「以隱示深」的修辭策略，但已然是貌同心異，界隔仙凡了。

---

[18] 錢鍾書，管錐編[M]，北京：中華書局，1979。
[19] 錢鍾書，談藝錄[M]，北京：中華書局，1984。

因為此時的「無言無字」，不再是在「錯綜立形，烘托備意」的文本層面上的結構性操作，而是在「篇終言外」著眼，錢鍾書在這段文字的補訂中說得更清楚；「象徵派以還，詩每能有盡而無窮，其結句如一窗洞開，能納萬象。其言未句於篇章如閉幕收場，而於情韻仍如捲簾通顧，堪為『篇終接混茫』之的解矣」，篇之終，一切的語言已經結束；言之外，一個更具魅力的詩的世界就此升起，彷彿大鐘之撞，動作的結束反倒是聲音響起的前提。這開啟的世界在文字結束之後，當然是無言了，更準確地說，超越語言了，對此，我們無能為力，「不能說」。

這就是我們古典詩學中最具神秘色彩的神韻說，在這裏，我們真的遇到了神秘之域，錢鍾書在對老子「大道無言」論述中所引的「陶潛〈飲酒〉曰：『此中有真意，欲辯已忘言』；《文心雕龍・神思》曰：『思表纖旨，文外曲致，言所不追，筆固知止』」就是面對神秘時詩人的證明，錢鍾書的繞不可言說而周旋，最典型地體現在對一境界的突入，「神秘經驗，初不神秘」，就是突入神秘之境擘肌析理後的言說。但它已然與「不會說」、「不必說」處在完全不同的層次，因此，對這神秘的道說必然成為我們的重心。

三

「神秘經驗，初不神秘」，起因於對法國神甫白瑞蒙《詩醇》的研究。白瑞蒙發揮瓦勒利「純詩」的學說，強調詩文最重要的是「貴文外有獨絕之旨，詩中蘊難傳之妙，由聲音以求空際之韻，甘回之味」，「詩成文，當如樂和聲，言之不必有物」。錢鍾書仔細介紹了白瑞蒙的學說，以下這段最具代表性：

詩者、神之事，非心之事，故落筆神來之際（inspiration），有我在而無我執，皮毛落盡，洞見真實，與學道者寂而有感、感而遂通之境界無以異。神秘詩秘，其揆一也。藝之極致，必歸道原，上訴真宰，而與造物者遊；聲詩也而通於宗教矣。[20]

為了解釋這段話，錢鍾書專門寫了〈附說二十二〉：論證白瑞蒙所謂「有我在而無我執」：

消除偏執之假我，而見正遍之真我，不獨宗教家言然。⋯⋯然則神秘經驗，初不神秘，而亦不必為宗教家言也。除妄得真，寂而忽照，此即神來之候。藝術家之會心，科學家之物格，哲學家之悟道，道家之因虛生白，佛家之因定發慧，莫不由此。[21]

「神秘經驗，初不神秘」，因為這種境界是藝術家、科學家、哲學家、道家、佛家都經歷過的求取真理的過程。我們求取真理，不外從個人感覺開始、從個別的現象出發，只要我們是抱定著「惟真理是從」的信念，我們必然會經歷三境界：「其求學之先，不著成見，則破我矣；治學之際，攝心專揖，則忘我矣。及夫求治有得，合人心之同然，發物理之必然；雖由我見，而非徒己見，雖由我獲，而非可自私。⋯⋯陸士衡《文賦》所謂：『雖茲物之在我，非余力之所勠』」[22]，因此落筆神來之際的「有我在而無我執」，也正是「上訴真宰，而與造物者遊」，消滅自我以圓成宇宙的過程。

神秘在此被解密了，雖然仍然有真宰、上帝等字樣，但毫不涉及形而上學的實體，而成為天地間真理的代名詞；「合人心之同然，

---

[20] 錢鍾書，談藝錄[M]，北京：中華書局，1984。
[21] 錢鍾書，談藝錄[M]，北京：中華書局，1984。
[22] 錢鍾書，談藝錄[M]，北京：中華書局，1984。

發物理之必然」，一方面強調天地間真理的客觀存在，一方面是對個體的有限性的承擔。莊子說「吾生也有涯，而知也無涯。以有涯隨無涯，殆已」，錢鍾書改寫了莊子的虛無，彷彿在說：以有限追求無限，正是人生的意義所在，就如同面對老子「大道不言」，「橫說豎說、千名萬號，雖知其不能盡道而猶求億或偶中、抑各有所當」，以命定的有限向無限進發。楊絳先生在三聯版的《錢鍾書集》序所說的「錢鍾書絕對不敢以大師自居。他從不廁身大師之列。他不開宗立派，不傳授弟子。《錢鍾書集》不是他的一家言」[23]，真可謂是知夫之言。

　　從命定的有限向無限進發，錢鍾書重視的正是有限性，而不是犧牲有限成就無限，這他的詩學思想中，典型反映在圍繞著詩與禪展開的相關論述：在此我們看到了錢鍾書繼續老子「大道無言」的論述，解密著神秘主義的神秘性：神秘主義的「不立文字」，實際上仍是不離文字：

> 人生大本，言語其一，苟無語言道說，則並無所謂「不盡言」、「不可說」、「非常道」。《莊子‧知北遊》曰：「道不可言，言而非也」，又〈徐無鬼〉曰：「彼之謂不道之道，此之謂不言之辯」；然必有「道」、有「言」，方可掃除而「不道」，超絕而「不言」。緘默正復言語中事，亦即言語之一端。猶畫圖上之空白、音樂中之靜止也。[24]

　　這裏，處處顯現出的是相輔相成的辯證性，借助於辯證思維，錢鍾書突入了語言內部，「『不道』待『道』始起，『不言』本『言』

---

[23] 楊絳，錢鍾書集序，見三聯版《錢鍾書集》扉頁。
[24] 錢鍾書，談藝錄[M]，北京：中華書局，1984。

乃得」，神秘的不可言說，得到了一種邊緣性的表達：那不可說之域可以用語言逐漸暗示、牽引、開啟出來。

這落實到詩學上，就是對司空圖「不著一字，盡得風流」的疏解：

> 司空表聖《詩品・含蓄》曰：「不著一字，盡得風流。」「不著」者、不多著、不更著也。已著諸字，而後「不著一字」，以默佐言，相反相成，豈「不語啞禪」哉。[25]

「不著一字，盡得風流」本就是神韻派常用的法寶，一直籠罩著神秘的氣息，而錢鍾書解去神秘的外衣，指出它強調的只要「以默佐言，相反相成」，以有說無，詩家將語言的局限化為語言魅力。用錢鍾書的話來說，就是「中國詩人要使你從『易盡』裏望見了『無垠』，用最精細確定的形式來逗出不可名言、難於湊泊的境界，恰符合魏爾蘭論詩的條件：『那灰色的歌曲，空泛聯接著確切』」。[26]

值得重視的是，在這相關的論述中，錢鍾書再次引用了海德格爾「人乃能言語的動物」的論說，並引用《存在與時間》中一段，「默不言非暗不言。真談說中方能著靜默。必言之有物，庶能無言」，進而論斷：「詩禪」當作如是觀。

詩禪當如是觀，在錢鍾書的相關語境中，也就是暗示著海德格爾也如嚴羽一樣，以禪通詩了，即「以詩成有神，言盡而味無窮之妙，比於禪理之超絕語言文字」[27]、「詩『入神』境而文外獨絕，禪徹悟境而思議俱斷，兩者觸類取譬，斯乃『親切』」，所謂「不涉

---

[25] 錢鍾書，談藝錄[M]，北京：中華書局，1984。
[26] 錢鍾書，錢鍾書散文[A]，杭州：浙江文藝出版社，1997。
[27] 錢鍾書，談藝錄[M]，北京：中華書局，1984。

理路，不落言詮」，這就是瓦勒利所說的「以文字試造文字不傳之境界」[28]。我們真的可以這樣來理解海德格爾嗎？

　　海德格爾也有不少與詩歌有關文字，其中格奧爾格的《語詞》反覆被他引用過來談論語言，詩歌的結尾句「詞語破碎處，無物可存在」基本成了海德格爾的名句了。大陸研究海德格爾或引用海德格爾語言的學者，有不少人對此句進行過解釋，但大多停留在了語言命名存在、帶出存在這層含義上，詞語破碎無物存在，只是語言帶出存在的否定性表達。但海德格爾在《語言的本質》的演講中將這一詩句解釋成了「詞語崩解處，一個『存在』出現」卻被大多的學者避而不談。那麼，這句詩該如何理解呢？海德格爾說：

> 在這裏，「崩解」意味著：宣露出來的詞語返回到無聲之中，返回到它由之獲得允諾的地方中去，也就是返回到寂靜之音中去——作為道說，寂靜之音為世界四重整體諸地帶開闢道路，而讓諸地帶進人它們的切近之中。[29]

　　所謂「崩解」，不就是「篇終接渾茫」？不就是「不著一字，盡得風流」？語言停止的處，有限轉化成了無限，開啟了一個更具活力的世界。錢鍾書的詩學闡釋了海德格爾思想。

　　陳嘉映先生曾比較海德格爾與維特根斯坦語言思想，認為這兩位沒有實際交往的哲學家浸到語言的本質深處，進行交談。因為，「思想像道路一樣，其要旨無非『通達』二字；就事質本身所作的思考，必相互通達，形成對話」[30]。這話讓人想起錢鍾書的「打

---

[28]　錢鍾書，談藝錄[M]，北京：中華書局，1984。
[29]　海德格爾，《走向語言的途中》[M]，北京：商務印書館，1997。
[30]　陳嘉映，思遠道[C]，福州：福建教育出版社，2000。

通」、「心同理同」。而錢鍾書是有意識地與海德格爾打通了,他們進入語言的本質深處交談在我們看來已激發出不少新的思想。但在關於語言的探討中我們常看到人們搬出海德格爾,有多少人聽到過錢鍾書的聲音?如果我們還記得海德格爾所說的語言是存在的家,說著不同語言的人居住在不同的家中的論說,那麼,對自己家裏的智者置之不理,是否是一個太過於不智的行為?

讀《寫在人生邊上》札記

天津師大中文系

高恒文

一

　　忙得很無聊，偷空亂翻書，庶幾消退幾分無名肝火，如魯迅所謂「隨便翻翻」是也。這種不使人發悶的讀物，尚且可以哈哈一笑甚至大笑的好書，雖然並不多見，但寥寥幾本卻經得起一讀再讀，比如錢鍾書先生的《寫在人生邊上》之類。三聯版《錢鍾書集》上架以後一直沒有動過，原因恐怕還是用慣了老版本，這次想起來讀它反倒是因為上面沒有自己留下的如錢先生所謂的「隨手在書邊的空白上注幾個字，寫一個問號或感嘆號」，似乎可以避免閱讀「前見」、「前理解」的干擾。

　　《寫在人生邊上》和《圍城》乃至《管錐編》、《談藝錄》一樣，書名提示著作者的「意圖」，作者在序言裏再三致意，明示讀者「憂世傷時」、「憂世傷生」云云。性急的讀者往往沒有耐心理會這種婉曲的「修辭」，不免埋怨作者過於遺世獨立，而像余英時先生那樣細心體會、讀出「《管錐編》雖若出言玄遠，但感慨世變之語，觸目皆是」（〈我所認識的錢鍾書先生〉）的讀者並不多見。

婉曲之外，幽默、詼諧的文風也是我們的閱讀理解的障礙，《寫在人生邊上》的這幾篇，既然關於「人生」這樣嚴肅的主題，偏偏不正面立論，而是故意表達「偏見」，和我們這些沒有真正的幽默感──如〈說笑〉所云──的讀者開玩笑，自然難以領會。可是這怪不得我們，因為作者也知道：「一個真有幽默的人別有會心，欣然獨笑，冷然微笑，替沉悶的人生透一口氣。也許要在幾百年後、幾萬里外，纔有另一個人和他隔著時間空間的河岸，莫逆於心，相視而笑。」可惜我們和作者「隔著」的不是「幾百年後、幾萬里外」的「時間空間的河岸」，偏偏是同一個時代、同一片故土。問題其實不在於我們不懂「幽默」，而是我們這個民族從來就沒有「幽默」，只有「說笑」、「逗樂」，所以有繪畫卻沒有「漫畫」、有《笑林廣記》而沒有「幽默廣記」，連「幽默」──還有「漫畫」──之名都是「外來詞」，「名」且未立，何「實」之有？

　　作者在自序中慨歎云：人生「這本書真大」！所以《寫在人生邊上》寥寥十篇，自然如作者自云「只能算是寫在人生邊上的」。彷彿作者謙虛得是，其實這裏何嘗不是暗含機鋒？不多不少、整整十篇，豈非暗合「十全十美」、「十全大補」或者「西湖十景」之類之「十」？誠如是，雖然僅僅「十」篇，卻是「全」篇，那麼「這本書真大！一時不易看完，就是寫過的邊上也還留下好多空白」之歎，竟是對付我們這些不懂幽默的、誠實的也是木實的讀者的虛詞。這樣說是有根據的，而非「意圖謬誤」。《錢鍾書集》中編入「寫在人生邊上的邊上」一輯，其中〈論俗氣〉、〈談交友〉等篇，寫於三十年代，題材、風格均與《寫在人生邊上》諸篇類同，為什麼沒有編入其中？不就是因為湊「十」篇之數麼？只不過「湊數」的本義是做加法，而作者做的是減法，這自然也是「幽默」。

　　然而,「十全十美」、「十全大補」或者「西湖十景」之類,在現代語境中已經淪為嘲諷的對象,因而有「十景病」之說等等,作者豈能有所不知?那麼這「十」篇之數,莫非作者故意設下的自嘲的圈套?──〈說笑〉云:「真正的幽默是能反躬自笑的,它不但對於人生是幽默的看法,它對於幽默本身也是幽默的看法。」

　　「序」中稱這十篇短文是「散文」:「下面的幾篇散文只能算是寫在人生邊上的」。何謂「邊上」?前文有云,「他們覺得看書的目的,並不是為了寫書評或介紹。他們有一種業餘消遣者的隨便和從容,他們不慌不忙的瀏覽。每到有什麼意見,他們隨手在書邊的空白上注幾個字,寫一個問號或感嘆號」。因此,作者所謂的「散文」,其實是「隨筆」。「隨筆」是「散文」的一種,和「隨筆」並列的「論文」也是「散文」,但《寫在人生邊上》的「幾篇散文」卻是「隨手」而「寫在人生邊上」的,「隨手」而寫,自然不是「論文」的做法,只能是「隨筆」的做法。

　　此外,書名「寫在人生邊上」尚有別義,在「序」之外,見於〈一個偏見〉:「有許多意見還不失禪宗洞山《五位頌》所謂『偏中正』,例如學術理論之類。只有人生邊上的隨筆、熱戀時的情書等等,那纔是老老實實、痛痛快快的一偏之見。」這段話中的「隨筆」、「偏見」,是我們理解這些篇章的思想特色和藝術特色的「關鍵字」。對此,和錢鍾書一樣深得老師葉公超稱賞的散文家梁遇春,他在翻譯哥爾德斯密斯〈黑衣人〉一文時寫的一條注釋,可以抄來詮釋這兩個「關鍵字」:

　　　　做小品文字的人最要緊的是觀察點(the point of view)無論什麼事情,只有從個新觀察點看去,一定可以發現許多新的

意思，除去不少從前的偏見，找到無數看了足以發噱的地方。所以做小品文字的人裝老，裝單身漢，裝做外國人，裝窮，裝傻，無非是想多懂些事情的各方面。

難怪有「中國的愛利亞」（郁達夫語）之譽——其實並不準確，梁氏才華橫溢、意氣風發，文風更近乎哈茲利特。梁遇春這段話說得真好，道出了隨筆（小品文）的文體之異彩。國人談論隨便（小品文）多沿襲魯迅所譯廚川白村的那一段名言而以為定義，其實那段確實說得很精彩的話，恐怕說的是蘭姆體的隨筆（小品文），倒也符合日本文學的溫雅、婉轉、微妙的特徵——誠如是，亦可見「接受之先見」的原則。《寫在人生邊上》不就是因為「從個新觀察點看去」，跟我們的「常識」開玩笑，見出我們庸常人生的可笑與荒謬嗎？而「魔鬼夜訪錢鍾書先生」不正是「裝」的十分戲劇化嗎？以我的偏見，總以為論者連篇累牘說了那麼多，還不及梁遇春這段話真正道出《寫在人生邊上》的精彩之處和文體特徵，甚至兩人的文風也大有相近之處。梁遇春和錢鍾書先後都曾是葉公超的及門弟子並且也都深得賞識，尚且先後在葉氏主編的《新月》雜誌擔任主筆撰寫「書評」專欄，可謂恩師識才。只可惜梁遇春英年早逝（1933），不僅葉公超痛惜不已，連同學慨廢名也感慨梁氏的文采宛若「一樹好花」才剛剛綻放。

二

「序」還沒有讀完。其中作者這樣說道，「世界上還有一種人」是怎樣「讀書」的——

他們有一種業餘消遣者的隨便和從容，他們不慌不忙的瀏覽。每到有什麼意見，他們隨手在書邊的空白上注幾個字，寫一個問號或感嘆號，像中國舊書上的眉批，外國書裏的Marginalia。這種零星隨感並非他們對於整部書的結論。因為是隨時批識，先後也許彼此矛盾，說話過火。他們也懶得去理會，反正是消遣，不像書評家負有指導讀者、教訓作者的重大使命。誰有能力和耐心作那些事呢？

雖然這裏說的「讀書」是讀人生那樣的「大書」，而「隨手」寫下的是「寫在人生邊上」的文字，但我們也可以看作作者所欣賞的一種學術風格，簡而言之，其實是《管錐編》《談藝錄》作者的夫子自道。只是他不僅「隨手」寫在「書邊的空白上」，還「隨手」寫在筆記本上——畢竟「書邊的空白上」有時難免寫不下，書也不都是自己的。對此，我們有「內證」——〈《管錐編》序〉云：

> 瞥觀疏記，識小積多。學焉未能，老之已至！遂料簡其較易理董者，錐指管窺，先成一輯。

還有「外證」——楊絳先生的〈《錢鍾書手稿集》序〉云：

> 日札共二十三冊、二千多頁，分八百零二則。每一則只有數目，沒有篇目。日札基本上是用中文寫的，雜有大量外文，有時連著幾則都是外文。不論古今中外，從博雅精深的歷代經典名著，到通俗的小說院本，以至村謠俚語，他都互相參考引證，融會貫通，而心有所得，但這點「心得」還待寫成文章，才能成為他的著作。《管錐編》裏，在在都是日札裏的心得，經發揮充實而寫成的文章。

　　只是這裏兩次出現的「文章」一詞，自然是古義，恐怕不如上文引述的「序」中錢鍾書先生自己所謂的「零星隨感」這四個字貼切。「文章」之「名」與「實」，也在「與時俱進」，今天的讀者、學者會承認《管錐編》中那一則又一則的或長或短的文字是「文章」（論文）嗎？

　　然而，這正是錢鍾書先生真正遺世獨立的個人風格之所在，全然不顧「學術規範」、「學術標準」的「現代性」之「範式」，《談藝錄》以早已淪為「老古董」的「詩話」體（見篇首序言而不是「序」）行文，《管錐編》則雜之以詩話、文話、筆記、札記之眾體，唯獨不兼備「（論）文」體。進而言之，《七綴集》恐怕也算不上論文集，雖然作者在「序」中釋名曰「這本書是拼拆綴補而成，內容有新舊七篇文章」，但「文章」一詞和楊絳先生一樣用的是古義，因為〈讀《拉奧孔》〉之「名」就是筆記、札記體的；而〈林紓的翻譯〉之「實」則更是讀書筆記，文前插入一段「我自己就是讀了林譯而增加學習外國語文的興趣地」的「四十年前」的故事，文尾又以長長的「我順便回憶一下有關的文壇舊事」文字結束，彷彿「以史代論」，自然不符合現代論文的範式；至於為人津津樂道的〈通感〉，有學術史的史實為證，當初發表在《文學評論》這種中國最權威的「學科級刊物」，我們可能萬萬想不到原來不是當作論文發表的，而是發在「資料」欄目裏！所以，我用「遺世獨立」來形容錢先生的學術風格，完全是據「世」立論，因為《管錐編》《談藝錄》、《七綴集》的作者在今「世」之中國任何一個大學「評職稱」，無論如何是當不上「教授」的，他竟然能夠在學術機構當上「研究員」，完全是因為承襲他四十年代就當上大學教授，我們說這是歷史和我們開了一個大玩笑，而在錢先生，以他一貫的個人風格，也許以「前世陰德」自嘲。不過，作者自然冷暖自知，所以有這樣一句令人凜然的名言：

大抵學問就是在荒江野老的屋內，有兩三個素心人，商量培育之事。

這句名言完全可以作為上文引述的《寫在人生邊上》之「序」的「箋證」，而我所謂的「遺世獨立」，對於 49 年以後一直任職於「首善之區」之「學術中心」的錢先生而言，確切地說就是「大隱隱於市」。

讀到現在，「序」才讀完。下面說說正文。

〈窗〉的結尾有這樣一短話：

> 關窗的作用等於閉眼。天地間有許多景像是要閉了眼纔看得見的，譬如夢。假使窗外的人聲物態太嘈雜了，關了窗好讓靈魂自由地去探勝，安靜地默想。有時，關窗和閉眼也有連帶關係，你覺得窗外的世界不過爾爾，並不能給予你什麼滿足，你想回到故鄉，你要看見跟你分離的親友，你只有睡覺，閉了眼向夢裏尋去，於是你起來先關了窗。

讀到這裏，我竟然想起波特賴爾《巴黎的憂鬱》中同名的一篇的第一段：

> 打開的窗戶外面向室內觀看的人，決不會像一個從關著的窗戶外面觀看的人能見到那麼多的事物。沒有任何東西比翼陝北燭光照亮的窗子更深邃、更神秘、更豐富、更陰鬱、更燦爛奪目。在陽光下所能見到的一切往往不及在窗玻璃後面發生的事情那樣有趣。在這黑暗的或是光亮的洞穴裏，生命在延長，生命在做夢，生命在受苦。

波特賴爾這個說法充滿詩意，明顯有悖常理，卻正是深刻之處，倒完全符合《寫在人生邊上》故意發表「偏見」、和我們常識

開玩笑的文風，錢先生沒有引用、加以發揮，令人不解，因為這也不符合他不厭其煩地正引、反引古今中外各種言論而有出人意外的發揮的文風。

類似的例子還有〈吃飯〉一篇，其中說道：

> 照我們的意見，完美的人格，「一以貫之」的「吾道」，統治盡善的國家，不僅要和諧得像音樂，也該把烹飪的調和懸為理想。在這一點上，我們不追隨孔子，而願意推崇被人忘掉的伊尹。伊尹是中國第一個哲學家廚師，在他眼裏，整個人世間好比是做菜的廚房。《呂氏春秋・本味篇》記伊尹以至味說湯那一大段，把最偉大的統治哲學講成惹人垂涎的食譜。這個觀念滲透了中國古代的政治意識，所以自從《尚書・顧命》起，做宰相總比為「和羹調鼎」，老子也說「治國如烹小鮮」。

這裏雖然將「人格」、「吾道」、治國並列，其實意在發掘「中國古代的政治意識」中的「最偉大的統治哲學」，然而連篇累牘引述《呂氏春秋》、《尚書》、《老子》，至於「治國如烹小鮮」戛然而止，偏偏不肯連類牽引到「魚肉百姓」這更為我們讀者耳熟能詳的一句，為這種治國術下一斷語。也許作者原本意在為文章留有餘韻，卻讓我們這些性急的讀者覺得不如魯迅說老子「陰險」、申韓「刻薄」那樣痛快，甚至「誤讀」作者在「王顧左右」。緊接著上面的引文，還有這樣幾句：

> 孟子曾贊伊尹為「聖之任者」，柳下惠為「聖之和者」，這裏的文字也許有些錯簡。其實呢，允許人赤條條相對的柳下惠，該算是個放「任」主義者。而伊尹倒當得起「和」字——這個「和」字，當然還帶些下廚上灶、調和五味的涵意。

　　這裏的「和」字，也就是上文的「和諧」，然而作者故意辯證孟子，把伊尹這個發明「魚肉百姓」這種「最偉大的統治哲學」的傢伙，稱之為「聖之『和』者」，倒是典型的錢鍾書式的反諷筆法。於此我才意識到，不厭其煩地正引、反引古今中外各種言論而有出人意外的發揮的文風，這只是錢先生文風之一面，並且是人人皆知的文章表面的特徵而已，真正意味深長的另外一面的文風倒是有時故意不引證、不盡引證的藝術，彷彿「歇後語」不說後半句。

三

　　既然《寫在人生邊上》的釋名，「序」之外尚見於書中〈一個偏見〉，那麼書名顯然就不僅如「序」中所云「寫過的邊上也還留下好多空白」那樣自謙，而是暗示這樣「隨手」的寫法，其實正是「隨筆」（「小品文」）的行文正道。有了這樣的閱讀經驗，作者的另外幾部著作的書名，我們就應該小心體會才是。

　　比如《管錐編》，書名的來歷在「序」中有明確說明：

> 瞥觀疏記，識小積多。學焉未能，老之已至！遂料簡其較易理董者，錐指管窺，先成一輯。假吾歲月，尚欲賡揚。

　　「錐指管窺」出典於《莊子・秋水》：「是直用管窺天，用錐指地也，不亦小乎？」原是公子牟對公孫龍的指教，成為後世詩文常用的熟典，作者借用而自謙，和前面的「識小」二字呼應。然而，細心的讀者可能還注意到這一段話中的「學焉未能，老之已至」一句，也是暗用《莊子》：「生也有涯而知無涯，以有涯追無涯，殆也！」再和「假吾歲月，尚欲賡揚」一句合而觀之，自

然是雖出典《莊子》卻反其意而用之。這樣再看書名，意義恐怕就不那麼簡單了。

　　再看《槐聚詩存》。作者在「序」中並沒有解釋書名的來歷。據楊絳〈《錢鍾書手稿集》序〉，作者在「『思想改造』運動之後」曾以「槐聚居士」在「日札」（讀書筆記）上私自署名。但楊先生也沒有告訴我們「槐聚」二字的來歷。其實「槐聚」本是熟典，這裏我反覆追究的「來歷」，是想知道作者為什麼用這個典故。答案原來在《談藝錄》的「序」中：

> 既而海水群飛，淞濱魚爛。予侍親率眷，兵罅偷生。如危幕之燕巢，同枯槐之蟻聚。憂天將壓，避地無之，雖欲出門西向笑而不敢也。

　　這是自敘 1941 年「太平洋戰爭」爆發後在上海的處境；「海水群飛，淞濱魚爛」一句，措辭絕妙。「槐聚」即「枯槐之蟻聚」，指「避地無之」的「偷生」險境。但問題是，作者在海晏河清的 1949 年之後，安居北京，早無兵火之虞，卻用此「序」之舊說，自稱「槐聚」？

　　消息原來還在〈《錢鍾書手稿集》序〉中：一是時間——

> 日札想是「思想改造」運動之後開始的。最初的本子上還有塗抹和剪殘處。以後他就為日札題上各種名稱，如「容安館日札」、「容安室日札」、「容安齋日札」；署名也多種多樣，如「容安館主」、「容安齋居士」、「槐聚居士」等等；還鄭重其事，蓋上各式圖章。

二是原因——

　　他開始把中文的讀書筆記和日記混在一起。一九五二年知識
　　份子第一次受「思想改造」時，他風聞學生可檢查「老先生」
　　的日記。日記屬私人私事，不宜和學術性的筆記混在一起。
　　他用小剪子把日記部分剪掉毀了。

　　合而觀之，不難明白。「思想改造」運動，楊絳先生有《洗澡》
記錄之、詮釋之，這裏不必詞費。這樣再看《槐聚詩存》的「序」，
其中「自錄一本，絳恐遭劫火，手寫三冊，分別藏隱，倖免灰燼」
云云，就知道不是誇大其詞了：「劫火」二字，原來寫實；「倖免
灰燼」，幸耶不幸？
　　這裏順便說說《槐聚詩存》中〈閱世〉一詩：

　　閱世遷流兩鬢摧，塊然孤唱發群哀。
　　星星未熄焚餘火，寸寸難燃溺後灰。
　　對症亦知須藥換，出新何術得陳推。
　　不圖剩長支離叟，留命桑田又一回。

　　這首詩很著名，寫於 1989 年，題目和正文都不晦澀，但我還是想
以錢先生自己的文章中的一句話來箋證、注釋。〈《徐燕謀詩草》序〉
云：「閱水成川，閱人為世，歷焚坑之劫，留命不死，仍得君而兄事焉，
先後遂已六十年一甲子矣。」「閱世」、「留命」有了來歷，而「歷焚坑
之劫」五字既用典也寫實，則是對「閱世」、「留命」的進一步詮釋，
也不妨看作上文所引《槐聚詩存》之「序」中「劫火」一詞的確解。
　　最後說說《圍城》。書名「出典」於書中人物蘇文紈引用的法
國關於婚姻的「一句話」：「城外的人想衝進去，城裏的人想逃出
來。」蘇文紈又是接著另一個人物的話說的：

慎明道：「關於 Bertie 結婚離婚的事，我也和他談過。他引
一句英國古話，說結婚彷彿金漆的鳥籠，籠子外面的鳥想
住進去，籠內的鳥想飛出來；所以結而離，離而結，沒有
了局。」

褚慎明是否和羅素「談過」，以書中對他的反諷敘述，答案很
明瞭，而羅素是否在書中或文章中引過「結婚彷彿金漆的鳥籠」
這樣「一句英國古話」，則不得而知，甚至是否有這樣「一句英國
古話」，更未可知。不過我們知道，法國的蒙田在著名的《隨筆集》
中說過這樣一句名言：

婚姻如同鳥籠一樣：籠外的鳥兒拼命想進去，籠內的鳥兒拼
命想出來。

也許作者故意拿褚慎明這個自稱為「哲學家」傢伙開玩笑，
所謂的「一句英國古話」其實就是蒙田的名言。那麼，蘇文紈引
用的法國關於婚姻的「一句話」，真正的出處究竟哪裡？作者也沒
有告訴我們，而這是關乎書名、關乎主題的大問題啊！

是的，作者有時並沒有把一切都告訴我們，甚至應當告訴我們
的也沒有告訴我們。我們欣賞錢先生婉拒記者採訪的那句妙語：「假
如你吃了一個雞蛋覺得不錯，又何必要認識那個下蛋的雞呢？」可
是我們也未必注意這句妙語的出典，忘了錢先生本人也十分欣賞
「這個家常而生動的比擬」：〈詩可以怨〉云，「尼采曾把母雞下蛋
的啼叫和詩人的歌唱相提並論，說都是『痛苦使然』」。不知道這個
典故，不妨我們照樣欣賞錢先生的妙語，當作錢先生自己的發明更
增加我們的崇拜，但是，「圍城」的真正出處沒有查考，把作品的
反諷敘述，當作「可信敘述」，卻在忙著著書撰文立說，那就真的

如作者在《寫在人生邊上》的「序」中所諷刺的那樣：「我們一大半作者只能算是書評家，具有書評家的本領，無須看得幾頁書，議論早已發了一大堆，書評一篇寫完交卷。」

最後，不妨借胡適之先生的名言壯膽，說一個沒有「小心的求證」的「大膽的假設」：「圍城」似乎有一個十分切近的出處。《人‧獸‧鬼》的最後一篇〈紀念〉的開篇第一段云：

> 雖然是高山一重重裹繞著的城市，春天，好像空襲的敵機，毫無阻礙地進來了。說來可憐，這乾枯的山地，不宜繁花密柳；春天到了，也沒個寄寓處。只憑一個陰濕蒸悶的上元節，緊跟著這幾天的好太陽，在山城裏釀成一片春光。老晴天的空氣裏，織滿山地的忙碌的砂塵，烘在傍晚落照這中，給春光染上熟黃的暈，醇得像酒。正是醒著做夢、未飲先醉的好時光。

這段文字充滿了一連串的隱喻，是對小說的三個主人公的十分嚴肅、凌厲的嘲諷，尤其是女主角曼倩的浪漫情懷的反諷，而這種反浪漫主義的思想也正是《圍城》的思想特徵，甚至可以說是作者的一貫文風，連散文集《寫在人生邊上》也是如此。所謂「高山一重重裹繞著的城市」，隱喻曼倩丈夫才叔自以為十分穩固的婚姻；「空襲的敵機」看似隱喻「第三者」天健麼？其實只是表明現象，因為曼倩和他的私情的發生，真正原因還是因為曼倩不安於平淡的浪漫情懷──「漫言不肖皆榮出，造釁開端實在寧」。這樣看來，這個關於婚姻的隱喻，至少是呼應了蘇文紈引用的法國關於婚姻的那個所謂的「圍城」的「一句話」。

錢鍾書與《紅樓夢》

集美大學中文系

王人恩

　　錢鍾書先生是學貫中西的一代碩儒，他的著作是包羅豐富的百科全書，這已為中外真學人所公認。當然，客觀而言，錢鍾書似乎沒有一篇專門論述《紅樓夢》的文章，我們僅知道他曾為中國社會科學院文學研究所主編、上海古籍出版社出版的《紅樓夢研究集刊》題署了刊名，後來又兼任該刊的顧問。然而，我們認為，錢鍾書雖不以「紅學家」名世，但借用一句錢鍾書評論孔穎達的話來評價錢鍾書在「紅學」方面的貢獻，即「紅學」史「當留片席之地與」[1]錢鍾書！因為，拋開其《談藝錄》、《七綴集》、《寫在人生邊上》等著作不論，即就其煌煌大著《管錐編》而言，其中論及《紅樓夢》者就有 40 餘處之多。他把《紅樓夢》置於中國古代廣闊而深厚的文化大背景之中，遵循「東海西海，心理攸同；南學北學，道術未裂」[2]的高卓見識，「打通」中西古今，發前人未發之義，闢前人未闢之境，為「紅學」的發展作出了獨特而可貴的貢獻。與此同時，錢鍾書為我們探討《紅樓夢》的思想和藝術，提供了不少方法論，值得我們很好地借鑑。

---

[1]　《管錐編》第一冊，第 62 頁，中華書局 1979 年 10 月版。
[2]　《談藝錄・序》，中華書局 1984 年 9 月版。

一、釋「僧道合行」

《紅樓夢》引人注目地寫到了一個癩頭和尚和一個跛足道人。前八十回中,這一僧一道共出現了四次,第一次是在大荒山青埂峰的仙境中,書寫頑石「自怨自歎,日夜悲號慚愧」:

> 一日正當嗟悼之際,俄見一僧一道遠遠而來,生得骨格不凡,豐神迥異,說說笑笑來至峰下,坐於石邊高談快論。先是說些雲山霧海神仙玄幻之事,後便說到紅塵中榮華富貴。(第一回)

書只寫一僧一道合行談論,而對其外貌未加著筆。第二次是在甄士隱夢遊的太虛幻境中,一僧一道「且行且談」,藉以交代了神瑛侍者和絳珠仙草的神話故事。第三次是在甄士隱夢醒之後,來到街前,「看那過會的熱鬧,方欲進來時」:

> 只見那邊來了一僧一道:那僧則癩頭跣腳,那道則跛足蓬頭,瘋瘋癲癲,揮霍談笑而至。(第一回)

隨之癩頭和尚說了一頓「瘋話」、「口內念了四句言詞」,即與跛足道人「同往太虛幻境銷號」,「再不見個蹤影了」。

對癩僧跛道的精彩描寫,當推第二十五回〈魘魔法姊弟逢五鬼　紅樓夢通靈遇雙真〉。這裏的「雙真」即指癩頭和尚和跛足道人。書寫馬道婆受趙姨娘的重託,收了白花花的一堆銀子和五百兩的欠契,對鳳姐和寶玉施行魘魔法。法行之後,鳳姐和寶玉被整得胡言亂語、尋死覓活。關鍵時刻,神奇的癩僧跛道不請自至,敲著木魚,口中念著「南無解冤孽菩薩」:眾人舉目看時,原來是一個癩頭和尚和一個跛足道人。見那和尚是怎的模樣:

鼻如懸膽兩眉長，目似明星蓄寶光。

破袖芒鞋無住跡，醃臢更有滿頭瘡。

那道人又是怎生模樣：

一足高來一足低，渾身帶水又拖泥。

相逢若問家何處，卻在蓬萊弱水西。

癩僧跛道將玉擎在掌上，「又摩弄一回，說了些瘋話，⋯⋯說著回頭就走了」。顯而易見，僧道合行在《紅樓夢》中是很重要的一種文化現象。那麼，他的意蘊是什麼呢？他與全書主旨有何聯繫呢？有的論者認為「書中設置的一僧一道，非癩即跛」表明《紅樓夢》在「許多時候是毀僧謗道的」[3]；有的論者認為乃是「寓憤世不平之氣」，「成了人生、社會的批判者，成了全書某種批判精神的人格化體現」[4]。

那麼，究竟如何認識《紅樓夢》中僧道合行的寓意呢？錢先生於「僧道雜糅」則中指出：

《紅樓夢》中癩僧跛道合夥同行，第一回僧曰：「到警幻仙子宮中交割」，稱「仙」居「宮」，是道教也，而僧甘受使令焉；第二五回僧道同敲木魚，誦「南無解怨解結菩薩！」，道士嘗誦「太乙救苦天尊」耳（參觀沈起鳳《紅心詞客傳奇・才人福》第一二折）；第二九回清虛觀主張道士呵呵笑道：「無量壽佛！」，何不曰「南極老壽星」乎？豈作者之敗筆耶？抑實寫尋常二氏之徒和光無町畦而口滑不檢點也？[5]

[3]　陳景河〈《紅樓夢》與長白山——「太虛幻境」辨〉，載《文藝研究》1991年第 5 期。
[4]　陳洪〈論癩僧跛道的文化意蘊〉，載《紅樓夢學刊》1993 年第 4 期。
[5]　《管錐編》第四冊，第 1512 頁。

　　錢先生是在論述北齊朱元洪妻子孟阿妃〈造老君像〉和闕名〈姜纂造老君像銘〉時說這番話的。他首先指出民間虔事老子求福這一習俗始於漢桓帝,「觀《全三國文》卷六魏文帝〈禁吏民往老子亭禱祝敕〉可知;蓋相沿已久」;然而,這兩篇遣詞運語,卻純出釋書;若不細察,拓本上「道君」、「老君」字跡漫漶不清,一般的讀者一定會認為造的是佛像而不是道像,而文中的「清信士」、「清信弟子」又一定會被誤認為是信佛的「白衣」(俗人)了。因為就連庾信那樣「弘雅」的文士也在其詩中「闌入釋氏套語;出於俗手之造像文字雜糅混同而言之,更無足怪」。錢先生進而分析了造成這種情況的緣由有二,一是由於當時道士拾掇僧徒牙慧,致使「清信弟子」「耳熟而不察其張冠李戴」;一是由於流俗人「妄冀福祐,佞佛諂道,等類齊觀,不似真人大德輩之辨宗滅惑、惡紫亂朱」。接著又引《南史》所載夷孫之語,證明「六朝野語塗說已視二氏若通家共事」。要之,僧道二家雖然有時不免相互醜詆,但它們在本質上是「通家共事」,是一家人,道家有時「急忙抱佛腳」,佛家也在一定時期與道家同行、同語、同歡,博聞強記的錢先生引用了李白、杜光庭、陸游的詩文,令人信服地證明「後世《封神傳》、《西洋記》、《西遊記》等所寫僧、道不相師法而相交關,其事從來遠矣」[6]。佛、道本是一家人,後來的相爭相鬥不過是「大水淹了龍王廟」而已!這表明錢先生對《紅樓夢》的僧道合行是用歷史的發展的眼光看待的,他用反問的口氣說「豈作者之敗筆耶」,顯然是「明知而似故問者」(借用錢先生評《天問》語)[7],而乃「實寫尋常二氏之徒和光無町畦」者也!錢先生的這種看法的確是超邁前人和今人的,他是把《紅樓夢》放在文

6　《管錐編》第四冊,第 1511-1512 頁。
7　《管錐編》第二冊,第 608 頁。

化歷史發展的過程中、放在清代社會現實的氛圍中加以考察「僧道合行」的文化意蘊。稍作分析可知，清統治者入主中原以後，雖然統治殘酷，但在康熙、雍正、乾隆年間尚無暇顧及、或不能真正落實以其統治思想統治人民的政策，民間的宗教思想還比較自由。成書於乾隆年間的《紅樓夢》即用「寫實」的手法道出了當時社會現實中僧道雜糅、亦道亦佛、亦佛亦道的真實情況。陳毓羆先生也敏銳地指出馬道婆的故事「反映了清代社會巫蠱之術和『邪教』的盛行，已從民間深入社會上層」。[8]

已故著名紅學家俞平伯曾經指出：

> 前面原是雙提僧、道的，後來為什麼只剩了一個道人，卻把那甄士隱給拐跑了呢？這「單提」之筆，分出賓主，極可注意。這開頭第一回書，就是一個綜合體、糊塗帳，將許多神話傳說混在一起，甚至自相矛盾。原說甄士隱是隨道人走的，而空空道人卻剃了頭，一變為情僧，既像《紅樓夢》，又像《西遊記》，都把道士變為和尚，豈不奇怪！[9]

鄙見以為，錢鍾書對「僧道合行」的闡釋基本上可以回答俞平伯氏的疑問。

二、「欠淚」與「還淚」

《紅樓夢》開篇即用「假語村言」講了一個「深有趣味」的「欠淚」、「還淚」的故事。

---

[8] 陳毓羆〈《紅樓夢》與民間信仰〉，見《紅樓夢學刊》1995 年第 1 期。
[9] 俞平伯〈評「好了歌」〉，見《紅樓夢學刊》1991 年第 1 期。

癩僧向跛道講道：

> 「只因西方靈河岸上三生石畔，有絳珠草一株，時有赤瑕宮神瑛侍者，日以甘露灌溉，這絳珠草始得久延歲月。後來既受天地精華，復得雨露滋養，遂得脫卻草胎木質，得換人形，僅修成個女體，終日遊於離恨天外，饑則食蜜青果為膳，渴則飲灌愁海水為湯。只因尚未酬報灌溉之德，故其五內便鬱結著一段纏綿不盡之意。恰近日這神瑛侍者凡心偶熾，乘此昌明太平朝世，意欲下凡造歷幻緣，已在警幻仙子案前掛了號。警幻亦曾問及，灌溉之情未償，趁此倒可了結的。那絳珠仙子道：『他是甘露之惠，我並無此水可還。他既下世為人，我也去下世為人，但把我一生所有的眼淚還他，也償還得過他了。』因此一事，就勾出多少風流冤家來，陪他們去了結此案。」那道人道：「果是罕聞。實未聞有還淚之說。想來這一段故事，比歷來風月事故更加瑣碎細膩了。」

這個故事雖然「說來好笑」，但「竟是千古未聞的罕事」，的確「深有趣味」。曹雪芹慣用「假語村言」、「狡獪筆法」，是否絳珠仙草（黛玉）和神瑛侍者（寶玉）的欠淚」、「還淚」的故事真是「千古未聞的罕事」呢？

錢先生在論梁‧王僧孺〈與何炯書〉時旁徵引博地分析了各式各樣的哭泣流淚的不同方式和不同目的，如「哀淚」、「諂淚」、「相似淚」、「售奸淚」、「市愛淚」等，他特別對林黛玉的「償淚債」作了論證：

> 賣哭之用，不輸「賣笑」，而行淚賄贈淚儀之事，或且多於湯卿謀之「儲淚」、林黛玉之「償淚債」也。孟郊〈悼幼子〉：

「負我十年恩，欠你千行淚」，又柳永〈憶帝京〉：「繫我一
生心，負你千行淚」；詞章中言涕淚有逋債，如《紅樓夢》
第一回、第五回等所謂「還淚」、「欠淚的」，似始見此。[10]

　　錢先生的論著素以言簡意豐、令人咀嚼不已、頗能啟人神智著
稱。這裏所引的幾行文字包括了豐富的內涵：一、點明「欠淚」之
說在中唐時期已為文人所慣用，舉出孟郊老年喪子而悲痛不已，寫
詩抒寫失子哀傷之情，言幼子之夭辜負了老父的十年養育之恩，致
使自己欠下了幼子的千行老淚。當然，中唐詩人白居易〈傷唐衢二
首〉其一有哭悼詩友的詩句：「終去墳前哭，還君一掬淚。」[11]同樣
有「還淚」之說，但白居易只不過是打算「終去」而現在還無法去
唐衢墳前「還君一掬淚」。既言「還淚」，「欠淚」不言自明，此「即
孔疏所謂『互文相足』」[12]，故錢先生不引〈傷唐衢〉詩。孟郊、白
居易所言「還淚」都不過是「欠」親人、友人的男兒之淚，而非女
子「欠」男兒的情淚。而錢先生所舉柳永〈憶帝京〉詞句正是男人
還女人的情淚。蘇東坡〈雨中花慢〉同樣如此：「算應負你，枕前珠
淚，萬點千行。」二、通過追根溯源，錢先生點明《紅樓夢》所寫
「欠淚」、「還淚」的故事淵源有自，它「深有趣味」，然而絕非無源
之水，無本之木，不能視之為「胡言」。這也正好揭明瞭曹雪芹的學
識淵博。三、錢先生把第一回的「還淚」、「欠淚的」故事與第五回
的十二支曲中的〈枉凝眉〉和〈收尾·飛鳥各投林〉相提並論，頗具
宏觀眼光。因為〈枉凝眉〉可謂是十二支曲中的主題曲，它以優美絕
倫的語言高度概括出了寶、黛的愛情悲劇，尤其是「想眼中能有多少
淚珠兒，怎經得秋流到冬·盡，春流到夏」諸句，寫出了林黛玉淚盡而

---

[10]　《管錐編》第四冊，第 1438 頁。
[11]　《全唐詩》下冊，第 1037 頁，上海古籍出版社 1986 年 10 月版。
[12]　《管錐編增訂》，第 6 頁，中華書局 1982 年 9 月版。

逝的悲劇命運，與第一回的「欠淚」、「還淚」故事十分合榫；而〈收尾‧飛鳥各投林〉所說「欠淚的，淚已盡」正是對「還淚」、「欠淚的」美妙故事的總結。四、錢先生的指點告訴讀者，「欠淚」、「還淚」之說雖早見於唐宋人的詞章之中，成為熟典慣語，然而將其編織成一個美妙動人，與作品主題水乳交融又不可或缺的神話故事，這在《紅樓夢》中乃首次出現，由此即可懂得曹雪芹的確是曠世奇才，而《紅樓夢》的確是「今古未有之奇文」（脂批）。借用甲戌本脂批來評價錢鍾書對「還淚」、「欠淚的」爬梳考鏡，即「知眼淚還債者大都作者一人耳。余亦知此意，但不能說得出」。[13]

三、「意淫」與「自色悟空」

「意淫」一詞首見於第五回，是警幻仙姑對寶玉的一個評語。然而，「意淫」的含義究竟作何解釋才契合全書主旨和寶玉的個性，似乎紅學家們都頗感棘手，難以做出令人信服的闡釋。頗具權威性的《紅樓夢大辭典》有如下解說：

> 對此不能望文生義，解作意念中的淫慾，而應結合小說的具體描寫，看作是對賈寶玉個性特徵的一種概括。……可知「意淫」指情意氾濫、癡情，也含有越禮、乖張的意思。因而賈寶玉在閨閣中可為良友，於世道中則未免迂闊，即如魯迅所說，對少女們「昵而敬之，恐拂其意，愛博而心勞」。
> 有的研究者更指出，「意淫」固然有別於「皮膚淫濫」，但它並沒有否定人慾和情愛。它反對的是封建禮教對兒女癡情的

---

[13]　俞平伯輯《脂硯齋紅樓夢輯評》，第 45 頁，古典文學出版社 1957 年 2 月版。

禁錮，要求將兩性間的情愛建立在相知同命的基礎上。這種關係只有在男性改變對女性的不平等態度、成為「良友」的前提下，才能實現。賈寶玉的個性，就包含這樣一種特質。[14]

有比較才有鑒別。我們再來看看錢先生的解釋：

（伶玄《飛燕外傳》）〈序〉記樊通德語：「夫淫於色，非慧男子不至也。慧則通，通則流，流而不得其防，則百物變態，為溝為壑，無所不往焉。」已開《紅樓夢》第二回賈雨村論寶玉：「天地間殘忍乖僻之氣與聰俊靈秀之氣相值，生於公侯富貴之家，則為情癡、情種；又第五回警幻仙子語寶玉：「好色即淫，知情更淫。……我所愛汝者，乃天下古今第一淫人也！」舊日小說、院本僉寫「才子佳人」，而罕及「英雄美人」。《紅樓夢》第五回史太君曰：「這些書就是一套子，左不過是佳人才子，最沒趣兒！……比如一個男人家，滿腹的文章，去做賊」；《儒林外史》第二八回季葦蕭在揚州入贅尤家，大廳貼朱箋對聯：「清風明月常如此；才子佳人信有之」，復向鮑廷璽自解曰：「我們風流人物，只要才子佳人會合，一房兩房，何足為奇！」「才子」者，「滿腹文章」之「風流人物」，一身兼備「乖僻之氣」與「靈秀之氣」，即通德所謂「淫於色」之「慧男子」爾。明義開宗，其通德歟。……釋惠洪《石門文字禪》卷二七〈跋達道所蓄伶子於文〉，似尠人道，有曰：「通德論『慧男子』，殆天下名言。子於有此婢，如摩詰之有天女也！」衲子而賞會在是，「浪子和尚」之號不虛也。……錢謙益《有學集》卷二〇〈李緇仲詩序〉

[14] 《紅樓夢大辭典》，第 16 頁，文化藝術出版社 1990 年 1 月版。

　　亦極稱通德語，以為深契佛說，且申之曰：「『流』而後返，
入道也不遠矣」；蓋即《華嚴經》「先以欲鉤牽，後令成佛智」
之旨（參觀《空鏡錄》卷一一、二一、二四），更類《紅樓
夢》第一回所謂「自色悟空」矣。[15]

　　錢先生首先點出漢代伶玄（字子於）之妾樊通德語已經開導《紅
樓夢》「殘忍乖僻之氣與聰俊靈秀之氣相值」以及「情癡、情種」的
先河──「明義開宗，其通德歟」。換言之，要真正理解「意淫」、「情
癡」、「情種」諸語的深刻含義，就不能不對樊通德的名言進行剖析、
研究。錢先生將金針度人，點明慧──通──流──防的人格發展軌
跡正是「意淫」和「自色悟空」。樊通德似乎認為，一個「淫於色」
的男子，必定是一個聰慧的男子；男人聰慧就有可能與女人通姦（此
「通」字似應讀為《左傳‧桓十八年》「公會齊侯於濼，遂及文姜如
齊，齊侯通焉」之「通」）；男子與女人通姦就會放蕩不羈（此「流」
字似應讀為《禮記‧樂記》「故製《雅》、《頌》之聲以道之，使其聲
足樂而不流」之「流」）；一旦放蕩不羈而不能防止節制，男子就會
「變態」。豈不聞「防意如城，守口如瓶」之諺嗎[16]？接著，錢先生
又引錢謙益《有學集》的文字證明樊通德的「名言」「深契佛說」，
放蕩不羈而最終能迷途知返，由「浪子」、「浪子和尚」變為真正的
和尚，「入道也不遠矣」。最後，錢先生又引佛典《華嚴經》「先以欲
鉤牽，後令成佛智」的名言，印證「自色悟空」的真正含義。

　　可以看出，錢先生對「意淫」、「情癡」、「情種」和「自色悟
空」的闡釋是一以貫之、自成系統的。依次認識《紅樓夢》的主
旨、認識賈寶玉其人，頗有令人頓開茅塞之感。

---

[15]　《管錐編》第三冊，第 965-966 頁。
[16]　唐道世《諸經要集》九〈擇交〉、〈懲過〉引《維摩經》。

　　《紅樓夢》的主旨眾說紛紜，莫衷一是，但據作者自言，它「大旨談情」；這個「情」字的內涵很廣，但兒女之情、世態人情自在其中，因為「開卷即云『風塵懷閨秀』，則知作者本意原為記述當日閨友閨情，為非怨世罵時之書矣」[17]。作者還告訴讀者：「自欲將已往所賴天恩祖德，錦衣紈絝之時，飫甘饜肥之日，背父兄教育之恩，負師友規談之德，以至今日一技無成、半生潦倒之罪，編述一集，以告天下人」（第一回）。曹雪芹的這段「懺悔」與錢先生所揭示的樊通德所言「慧──通──流──防」的人格發展軌跡是何等的相似！「深契佛說」可謂是對《紅樓夢》的一種精闢概括。

　　賈寶玉的確是集「乖僻之氣」與「靈秀之氣」於一身的「浪子和尚」。他「行為偏僻性乖張」，「但其聰明乖覺處，百個不及他一個」，「天分高明，性情穎慧」；秦可卿房中夢遊太虛幻境後的遺精，緊接著與襲人的「初試雲雨情」，「扭股糖似的粘在」鴛鴦身上要吃她嘴上的胭脂以及與碧痕關在同一間房「足有兩三個時辰」一塊洗澡等等，豈非「浪子」？豈非「通」？豈非「流」？他與黛玉相知相愛，與晴雯真情相處，遍享榮華富貴卻歷盡情海悲歡，在萬念俱灰之時毅然「撒手懸崖」，棄紅塵而為僧，寫完了一部自傳性的《情僧錄》，這一切豈非「防」？豈非「先以欲鉤牽，後令成佛智」？豈非「因空見色，由色生情，傳情入色，自色悟空」？因此可以認為，賈寶玉是一個具有多重性格的複雜人物，「說不得賢，說不得愚，說不得不肖，說不得善，說不得惡，說不得正大光明，說不得混帳無賴，說不得聰明才俊，說不得庸俗平凡，說不得好色好淫，說不得情癡情種」（脂批），「乖僻之氣」與「靈秀

---

[17]　《脂硯齋甲戌抄閱再評石頭記》「凡例」。

之氣」只不過是他性格中的重要組成部分而已，借用錢先生評項羽性格之語，即寶玉的多重性格「皆若相反相違；而即具在寶玉一人之身，有似兩手分書、一喉異曲，則又莫不同條共貫，科以心學性理，犁然有當」[18]。正因人們不能像錢先生那樣「頗採『二西』之書，以供三隅之反」[19]，遍觀佛經，深通佛理，探求不到寶玉性格中的複雜特徵，所以多年來始終難以對寶玉的形象做出較切合作品實際、作者創作主旨的闡釋。

相形之下，《紅樓夢大辭典》解釋「意淫」時只說對了一部分：「是對賈寶玉個性特徵的一種概括」。

四、「水月鏡花」之喻與黛玉的「感傷」、「病三分」

《紅樓夢》名曲〈枉凝眉〉中有寫寶、黛二人的名句：「一個枉自嗟呀，一個空勞牽掛，一個是水中月，一個是鏡中花。」以形象的比喻道出了寶、黛的愛情悲劇。

錢鍾書雅愛談月，尤其是釋水月之喻以證成其「比喻有兩柄而復具多邊」[20]的著名論斷，令讀者眼界大開。他指出：

> 水中映月之喻常見釋書，示不可捉溺也。然而喻至道於水月，乃歎其玄妙，喻浮世於水月，則斥其虛妄，譽與毀區以別焉。[21]

[18]《管錐編》第一冊，第 275 頁。
[19]《談藝錄·序》。
[20]《管錐編》第一冊，第 39 頁。
[21]《管錐編》第一冊，第 37 頁。

　　同是水月之喻，或譽或揚，或毀或抑。前者舉晉釋慧遠《鳩摩羅什法師大乘大義》卷上喻「法身同化」例：「如鏡中像、水中月，見如有色，而無觸等，則非色也」；後者仍舉慧遠喻「幻化夢響」例：「鏡像、水月，但誑心眼」。不僅如此，細加分析，水月之喻還可分為「心眼之贊詞」和「心癢之恨詞」兩柄：

　　　　《全唐文》卷三五〇李白〈志公畫贊〉：「水中之月，了不可取」；又卷七一五韋處厚〈大義禪師碑銘〉記屍利禪師答順宗：「佛猶水中月，可見不可取」；施肩吾〈聽南僧說偈詞〉：「惠風吹盡六條塵，清淨水中初見月。」超妙而不可即也，猶云「仰之彌高，瞻之在前，忽焉在後」，或「高山仰止，雖不能至，心嚮往之」，是為心服之贊詞。李涉〈送妻入道〉：「縱使空門再相見，還如秋月水中看」；黃庭堅〈沁園春〉：「鏡裏拈花，水中捉月，覷著無由得近伊」；《紅樓夢》第五回仙曲〈枉凝眸〉：「一個枉自嗟訝，一個空勞牽掛，一個是水中月，一個是鏡中花。」點化禪藻，發抒綺思，則撩逗而不可即也，猶云「甜糖抹在鼻子上，只教他舔不著」（《水滸》第二四回），或「鼻凹兒裏砂糖水，心窩裏蘇合油，餂不著空把人拖逗」（《北宮詞紀外集》卷三楊慎〈思情〉），是為心癢之恨詞。[22]

　　《紅樓夢》「深契佛說」，〈枉凝眉〉仙曲自然「點化禪藻，發抒綺思」。錢先生引出諸多例證說明〈枉凝眉〉乃寶、黛「心癢之恨詞」；由於「心癢」（「管不住心」）始有「恨」（「兼訓悵惘、怫懣」）[23]，所以「水中月」、「鏡中花」只不過是「空空」、「無無之境」。「水中月」、

----

[22]　《管錐編》第一冊，第38頁。
[23]　《管錐編》第三冊，第1056頁。

「鏡中花」看得見而不可捉取，正是「若說沒奇緣，今生偏又遇見著他；若說有奇緣，如何心事終虛化」。寶黛相愛一場而無緣結為伉儷，一個「撒手懸崖」，一個「淚盡而逝」。

　　黛玉因父母雙亡而寄居賈府，她孤高自許，目下無塵，雖然也錦衣玉食，然而不免見月傷情，見花落淚，多愁善感是她個性中的重要組成部分。對此，錢先生也有一段精彩的論述：

> 王嘉《拾遺記》卷九石崇愛婢翔風答崇曰：「生愛死離，不如無愛」；張祖廉輯龔自珍《定盦遺著・與吳虹生書》之一二：「但遇而不合，鏡中徒添數莖華髮，集中徒添數首惆悵詩，供讀者迴腸盪氣。虹生亦無樂乎聞有此遇也」；《紅樓夢》第三一回黛玉謂：「聚時歡喜，散時豈不冷清？既生冷清，則生傷感，所以不如倒是不聚的好」；胥其旨矣。[24]

　　錢先生是在論述阮瑀〈止欲賦〉時道出「思極求通夢」、「夢見不真而又匆促，故快快有虛願未酬之恨；真相見矣，而匆促板障，未得遂心所欲，則復快快起脫空如夢之嗟」以及「夢見爭如不夢，夢了終醒、不如不夢」等常見的文學母題後連帶論及林黛玉的前番話的。黛玉唯寶玉是愛，然而寄人籬下的生活和父母的雙雙下世，以及他人家的團聚和歡聲笑語，都令她的心靈為之傷感和悲涼，她有時特別想與眾姐妹、與寶玉歡天喜地地聚在一起，以排遣自己的內心苦悶和無奈，但更多的時候卻有一種眾裏身單的感受，有如「在群眾歡笑之中，常如登高四望，但見莽蒼大野，荒墟廢壘，悵坐寂默，不能自解」[25]，因此願意獨處一隅、自悲自

---

[24]　《管錐編》第三冊，第 1043 頁。
[25]　杜牧《上宰相求湖州第二啟》，見《全唐文》，第 753 卷，上海古籍出版社 1990 年 12 月版。

憐。這一切也正是她情之深、情之至的表現。而寶玉卻是「只願常聚，生怕一時散了添悲；那花只願常開，生怕一時謝了沒趣」，與黛玉的「喜散不喜聚」形成鮮明的反差，陪伴黛玉終身的是她的淚水，是「病三分」，藉以消愁遣悶的則是填寫詩詞——「集中徒添數首惆悵詩」。錢先生分析了黛玉的多愁善感之後，又指出黛玉「嬌襲一身之病」、「具才與貌而善病、短命」這一特徵屢見於中西文化典籍中。他首先指出明末著名才女馮小青的「瘦影自臨秋水照，卿須憐我我憐卿」兩句詩為「當時傳頌」，進而指出：「後來《紅樓夢》第八九回稱引之以傷黛玉。明季艷說小青，作傳著重疊，以至演為話本，譜入院本，幾成『佳人薄命』之樣本，……及夫《紅樓夢》大行，黛玉不啻代興，青讓於黛玉，雙木起而二馬廢矣。歐洲十九世紀末詩文中『脆弱女郎』一類型，具才與貌而善病短命；采風論世，頗可參驗異同焉。」[26]在錢先生看來，如黛玉這樣的多愁善感、有才有貌而善病短命的女子幾乎在中西文學作品中成了一種類型，歐洲有「脆弱女郎」，明、清有「薄命佳人」馮小青、林黛玉。確如錢先生所言，馮小青在明末影響頗大，幾乎各種文學體裁都敷演過馮小青的故事，就連日本漢學家森槐南也寫有優美動人的《補春天傳奇》劇本，其「情詞旖旎，豐致纏綿，雅韻初流，愁心欲絕」，敷寫了馮小青在陽間「春情」未能滿足、含恨而歿而在陰曹得以補償人世之憾的動人故事[27]。但《紅樓夢》問世後，黛玉的故事就取代了馮小青的故事，這也正好說明《紅樓夢》的影響之大。錢先生後來又補充指出：「十九世紀法國浪漫主義以婦女瘦弱為美，有如《紅樓夢》寫黛玉『嬌襲　身

26　《管錐編》第二冊，第 753-754 頁。
27　參見拙作〈雙木起而二馬廢——試論林黛玉形象對馮小青的繼承和超越〉，《明清小說研究》2003 年第 4 期。

之病』者。聖佩韋記生理學家觀風辨俗云：『嬌弱婦女已奪豐艷婦女之席；動止懶情，容顏蒼白，聲價愈高。』維尼日記言一婦為己所酷愛，美中不足者，伊人生平無病；婦女有疾病，則益覺其饒風韻、增姿媚。此兩名家所言，大類吾國馮小青『瘦影』、林黛玉『病三分』而發；龔自珍〈瘭詞〉之『玉樹堅牢不病身，恥為嬌喘與輕顰』，則掃而空之矣。」[28] 如此縱橫開闔的深入比較分析，對開闊我們的視野、認識黛玉其人實在是大有裨益。

五、寶玉之「焚花散麝」與「眼淚流成大河」

《紅樓夢》第二十一回寫寶玉一大早受了黛玉、湘雲、襲人、寶釵的冷遇嘲諷，「至晚飯後，寶玉因吃了兩杯酒，眼餳耳熱之際，若往日則有襲人等大家喜笑有興，今日卻冷冷清清的一人對燈，好沒興趣」。看了一陣《莊子・胠篋》而「意趣洋洋，趁著酒興，不禁提筆續曰」：

> 焚花散麝，而閨閣始人含其勸矣；戕寶釵之仙姿，灰黛玉之靈竅，喪減情意，而閨閣之美惡始相類矣。彼含其勸，則無參商之虞矣；戕其仙姿，無戀愛之心矣；灰其靈竅，無才思之情矣。彼釵、玉、花、麝者，皆張其羅而穴其隧，所以迷眩纏陷天下者也。

「續畢，擲筆就寢」。次日，黛玉看到寶玉所續，「不覺又氣又笑，不禁也提筆續書一絕云」：

---

[28] 《管錐編》第五冊，第 194 頁。

　　無端弄筆是何人？作踐南華《莊子因》。
　　不悔自己無見識，卻將醜語怪他人！

　　錢先生在論及《老子》王弼注時涉及到了《紅樓夢》中的上述描述。他指出：《老子》「吾所以有大患者，為吾有身；及吾無身，吾有何患」諸句包涵有三層意義，其第二層即「於吾身損之又損，減有而使近無，則吾鮮患而無所患」。他先引《莊子・山木》：「少君之費，寡君之欲，雖無糧而乃足。」然後精闢地指出：「禁欲苦行，都本此旨。心為形役，性與物移，故明心保性者，以身為入道進德之大障。憎厭形骸，甚於桎梏，克欲遏情，庶幾解脫；神秘宗至以清淨戒體為天人合一之梯階。」[29]錢先生舉出中外十餘例材料，尤其是宗教方面的材料佐證了上述論點，又進而指出：「中欲外邪，交扇互長，局中以便絕外，絕外浸成厭世，仇身而遂仇物。《紅樓夢》二一回寶玉酒後讀《莊子・胠篋》，提筆增廣之，欲『焚花散麝』，『戕釵灰黛』，俾『閨閣之美惡始相類』而『無戀愛之心』，正是此旨。黛玉作絕句譏之曰：『不悔自家無見識，卻將醜語詆他人！』誠哉其『無見識』！凡仇身絕物，以局閉為入道進德之門者，昧於心之必連身、神之必繫形，不識無見也。」[30]

　　賈寶玉所續《莊子・胠篋》一段文字重在抨擊當時統治階級剝削、壓迫百姓的強盜本質，發揮道家「絕聖棄智」的思想，認為「聖」、「智」乃是禍亂天下的根源。而寶玉之續雖是「趁著酒興」之作，然而「醉翁之意不在酒」，而在於厭惡自己所處的紛擾煩悶的環境也。就本回書而言，寶玉受到了寶釵、黛玉、襲人、湘雲的冷淡，先是寶玉求湘雲為他梳頭，發現寶玉頭上的珍珠少

---

[29]　《管錐編》第二冊，第 428 頁。
[30]　《管錐編》第二冊，第 430 頁。

了一顆，黛玉冷笑道：「也不知是真丟了，也不知是給了人鑲什麼
戴去了。」又是湘雲對寶玉欲吃胭脂的舉動不滿，說道：「這不長
進的毛病兒，多早晚才改過！」再是寶釵來寶玉房中，一見寶玉
來了，立即不搭話走人。還有襲人、麝月對寶玉不理不睬，話裏
帶刺，等等。就寶玉自身而論，父親賈政嚴厲訶責，要他讀書仕
進以光耀門楣，寶釵、湘雲、襲人屢屢勸勵他多讀儒家之書，以
求支撐門戶等等。這一切使本來就「愚頑怕讀文章」、「那管世人
誹謗」的他煩惱至極，故翻看《莊子》而作續筆。錢先生認為：「男
女為人生大欲，修道者尤思塞源除根。」如寶玉者，「喜歡在內幃
廝混」，為湘雲蓋被，吃丫頭嘴上胭脂，盡力以求接近黛玉，本來
自己既管不住身，又管不住心，「不曉反檢內心，而迷削外色，故
根色雖絕，染愛愈增」[31]。難怪黛玉說他「無見識」！錢先生為我
們溯源旁求、中西印證，對我們理解寶玉續《莊子·胠篋》時的
心態作出了全面深刻的揭示。

　　「眼淚流成大河」一語出自《紅樓夢》第三十六回，寶玉向襲
人談論人之死亡，道出了「文死諫，武死諫」乃「皆非正死」的「瘋
話」，他說：「可知那些死的都是沽名，並不知大義。比如我此時若
果有造化，該死於此時的，趁你們在，我就死了，再能夠你們哭我
的眼淚流成大河，把我的屍首漂起來，送到那鴉雀不到的幽僻之
處，隨風化了，自此再不要托生為人，就是我死的得時了。」

　　錢先生在論述《太平廣記》時同樣是「高瞻周覽」：

　　　〈麒麟客〉（出《續玄怪錄》）主人曰：「經六七劫，乃證此
　　　身；回視委骸，積如山嶽；四大海水，半是吾宿世父母妻子
　　　別泣之淚。」按本於釋書輪迴習語，如《佛說大意經》：「我

---

[31] 《高僧傳》二集卷三七《遺身篇·論》。

自念前後受身生死壞敗，積其骨過於須彌山，其血流、五河四海未足以喻」；《大般涅槃經・光明遍照高貴德王菩薩品》第一○之二：「一一眾生一劫之中所積身骨，如王舍城毗富羅山。……父母兄弟妻子眷屬命終哭泣，所出目淚，多四大海」；《宏明集》卷八釋玄光〈辨惑論〉：「大地丘山莫非我故塵，蒼海鹵漫皆是我淚血」；寒山詩：「積骨如毗富，別淚如海肆。」吾國詞章則以此二意道生世苦辛，不及多生宿世。前意如劉駕〈古出塞〉：「坐怨塞上山，低於沙中骨」；後意尤多，如古樂府〈華山畿〉：「相送勞勞渚，長江不應滿，是儂淚成許」；李群玉〈感興〉：「天邊無書來，相思淚成海」；聶夷中〈勸酒〉第二首：「但恐別離淚，自成苦水河」；貫休〈古離別〉：「只恐長江水，儘是兒女淚」；《花草粹編》卷八韓師厚〈御街行〉：「若將愁淚還做水，算幾個黃天蕩！」以至《紅樓夢》第三六回寶玉云：「如今趁你們在，我就死了，再能夠你們哭的眼淚流成大河，把我的屍首漂起來。」套語相沿，偶加渲染，勿須多舉。[32]

　　錢先生點明「別淚如河」、「別淚如海」的意象出於佛典，唐以後的文人屢屢驅遣套用。但《紅樓夢》在繼承的基礎上卻有創新。錢先生僅引至「眼淚流成大河，把我的屍首漂起來」，後面的文字已見前文所引，且要「淚河飄屍」；古代詩文僅敘離愁生別之情，而賈寶玉卻由別淚言及死亡，使其悲劇色彩更加濃郁，顯示出寶玉的精神空虛、意欲超脫之感，厭世思想自不難感知。古代詩文所言「別淚成河」乃人生缺憾，還成為文學創作的永恆主題，大有「梁園雖好」、「終須一別」、愁腸九回而無可奈何的淒傷之感，

---

[32] 《管錐編》第二冊，第 667-668 頁。

而寶玉的「淚河飄屍」卻視死為一種解脫，視能得到女兒們的眼淚為幸事，其包含的宗教色彩十分明顯，也符合神瑛侍者下世為人而作「情癡」、「情種」，最後「棄而為僧」性格、心理發展歷程。經過錢先生的指點，我們對寶玉的形象不是更能理解得全面一些嗎？「讀者明眼，庶幾不負作者苦心」[33]啊！

六、對王國維「悲劇之悲劇」説的批評

《紅樓夢評論》是王國維運用西方哲學、美學觀點進行文學評論的一篇宏文，全文一萬多字，分析縝密，氣勢恢宏，提出了不少獨特的見解，為紅學研究開闢了一個新局面，因為從哲學、美學的高度審視《紅樓夢》的豐富內涵和審美價值，這在王國維之前是極少見的。

然而，《紅樓夢評論》正因為是王國維運用西方哲學、美學觀點評價中國古代小說的第一次嘗試，又以叔本華唯意志論和悲觀主義的美學思想作為立腳之地，在不少地方照搬叔本華的理論來硬套《紅樓夢》，所以，《紅樓夢評論》存在著所謂的「硬傷」。

錢先生是在評論王國維詩時對《紅樓夢評論》所提出的寶、黛愛情是「悲劇之悲劇」的結論進行了詳盡的分析批評。錢先生指出：

> 王氏於叔本華著作，口沫手脈，《紅樓夢評論》中反覆稱述，據其說以斷言《紅樓夢》為「悲劇之悲劇」。賈母懲黛玉之孤僻而信金玉之邪說也；王夫人親於薛氏、鳳姐而忌黛玉之

---

[33] 《管錐編》第一冊，第 180 頁。

才慧也；襲人慮不容於寡妻也；寶玉畏不得於大母也；由此
種種原因，而木石遂不得不離也。洵持之有故矣。然似於叔
本華之道未盡，於其理未徹也。苟盡其道而徹其理，則當知
木石因緣，徼幸成就，喜將變憂，佳耦始者或以怨耦終；遂
聞聲而相思相慕，習近前而漸疏漸厭，花紅初無幾日，月滿
不得連宵，好事徒成虛話，含飴還同嚼蠟。此亦如王氏所謂
「無蛇蠍之人物、非常之變故行於其間，不過通常之人情、
通常之境遇為之」而已。[34]

　　要真正理解錢先生這段文字的內涵，就必須對叔本華的「願
欲說」作些勾稽，然後再看王國維是如何「作法自斃」的。
　　叔本華「願欲說」的核心論點是：人的欲望永遠不會滿足，
一個慾望滿足後又有新的慾望和痛苦，錢先生譯文是這樣的：「快
樂出乎欲願。欲願者、欠缺而有所求也。欲饜願償，樂即隨減。
故喜樂之本乃虧也，非盈也。願足意快，為時無幾，而怏怏復未
足矣，忽忽又不樂矣，新添苦惱或厭怠、妄想，百無聊賴矣。藝
術與世事人生如明鏡寫形，詩歌尤得真相，可以征驗焉。」[35]錢
先生進而分析考察了叔本華「願欲說」的理論來源主要有二，一
是印度佛教哲學對其影響甚大，如《大智度論》卷十九〈釋初品
中三十七品〉即云：「是身實苦，新苦為樂，故苦為苦。如初坐
時樂，久則生苦，初行立臥為樂，久亦為苦。」又卷二十三〈釋
初品中十想〉亦云：「眾極由作生，初樂後則苦。」二是西方古
代文論對其影響甚大，錢先生又舉出了古羅馬大詩人盧克來修論
人生難足和黑格爾、魏利、康德以及十九世紀名小說《包法利夫

---

[34] 《談藝錄》，第 349 頁。
[35] 《談藝錄》，第 349 頁。

人》中的例證，證明「願欲說」並非新的理論，「叔本華橫說豎說，明詔大號耳」，仔細地洞察出叔本華的狡點。錢先生還舉出我國古代典籍中的例證說明叔本華的「願欲說」其實早在我國就已有之，一例是嵇康的〈答難養生論〉：「又饑飡者，於將獲所欲，則悅情注心。飽滿之後，釋然疏之，或有厭惡。」一例是史震林《華陽散稿》卷上〈記天荒〉：「當境厭境，離境羨境。」

王國維基本上照搬了叔本華的理論，對「願欲說」本身，錢先生並未全面否定；而對王國維的「作法自斃」，錢先生卻給了深刻中肯的批評。王國維既然認為《紅樓夢》屬於「悲劇中之悲劇」，就應該充分說明造成悲劇的根源之所在，他只是套用了叔本華把悲劇分三類的模式，硬將《紅樓夢》拉入「由於劇中人物之位置及關係而不然者」[36]這第三類悲劇，得出結論：《紅樓夢》的寶、黛愛情未能如願「不過通常之道德，通常之人情，通常之境遇為之而已」[37]。顯而易見，王國維的「悲劇之悲劇」說與叔本華的「願欲說」是相矛盾的：「苟本叔本華之說，則寶、黛良緣雖就，而好逑漸至寇仇，『冤家』終為怨耦，方是『悲劇之悲劇』。」[38]但是，《紅樓夢》的收場描寫是合情合理的，說它是「徹頭徹尾的悲劇」那是不錯的，因為寶、黛並未結成夫妻、實現願望，由親而疏、漸至寇仇，所以，說是「悲劇之悲劇」豈非與叔本華的「願欲說」南轅北轍！錢先生又指出：

> 然《紅樓夢》現有收場，正亦切事入情，何勞削足適履。王氏附會叔本華以闡釋《紅樓夢》，不免作法自斃也。蓋自叔

---

[36] 古典文學研究資料彙編《紅樓夢卷》第一冊，第 254 頁，中華書局 1980 年 4 月版。

[37] 古典文學研究資料彙編《紅樓夢卷》第一冊，第 254 頁，中華書局 1980 年 4 月版。

[38] 《談藝錄》，第 515 頁。

本華哲學言之,《紅樓夢》未能窮理窟而抉道根;而自《紅樓夢》小說言之,叔本華空掃萬象,斂歸一律,嘗滴水知大海味,而不屑觀海之瀾。夫《紅樓夢》、佳著也,叔本華哲學、玄諦也;利導則兩美可以相得,強合則兩賢必至相阨。此非僅《紅樓夢》與叔本華哲學為然也。[39]

錢先生對王國維「悲劇之悲劇」說的批評可謂鞭辟入裏,此前尚未見有人如此發潛闡幽。

更為重要的是,錢先生通過這一批評告誡讀者要能「參禪貴活,為學知止,要能捨筏登岸,毋如抱梁溺水也」,否則就有可能犯與王國維同樣的錯誤。「蓋墨守師教,反足為弟子致遠造極之障礙也」。[40]當然,錢先生對王國維在諸多方面的貢獻仍是大加肯定的,即就評論《紅樓夢》而言,錢先生對王國維的正確評價還是給予了充分的肯定。例如在強調讀書不能「認虛成實」的觀點時,錢先生即指出:「王國維《紅樓夢評論》第五章:『如謂書中種種境界、種種人物,非局中人不能道,則是《水滸》之作者必為大盜,《三國演義》之作者必為兵家』,語更明快,倘增益曰:『《水滸》之作者必為大盜而亦是淫婦,蓋人痴也!』則充類至盡矣。」[41]是其是而非其非,令人欽服。

七、對諸種意象和藝術手法的揭示

錢先生在〈讀《拉奧孔》〉一文中曾有一段言:

---

[39] 《管錐編》第四冊,第1391頁。
[40] 《談藝錄》,第515頁。
[41] 《管錐編》第四冊,第1391頁。

> 一般「名為」文藝評論史也「實則」是《歷代文藝界名人發
> 言紀要》，人物個個有名氣，言論常常無實質。倒是詩、詞、
> 隨筆裏，小說、戲曲裏，乃至謠諺和訓詁裏，往往無意中三
> 言兩語，說出了精闢的見解，益人神智；把它們演繹出來，
> 對文藝理論很有貢獻。[42]

　　這一段話可以看作錢先生「演繹」「精闢見解」的經驗之談和
夫子自道。在對《紅樓夢》的「演繹」中，錢先生往往將常人不經
意、不重視的「謠諺和訓詁」揭示出來，「解難如斧破竹、析義如
鋸攻木」、「三言兩語」而「談言微中」。現擇其要者敘錄如下：

　　(一) 晴雯的「水蛇腰」。《紅樓夢》第七十四回寫繡春囊事件發
生後，王善保家的在王夫人面前把晴雯狠狠地告了一狀，王夫人問
鳳姐說：「上次我們跟了老太太進園逛去，有一個水蛇腰、削肩膀、
眉眼又有些像你林妹妹的，正在那裏罵小丫頭。……這丫頭想必就
是他了。」王夫人還給晴雯扣了幾頂帽子──「妖精似的東西」、「狐
狸精」、「病西施」、「輕狂樣兒」。王夫人對晴雯如許厭惡正表明「色
色比人強」的晴雯的美麗出眾、風流超群。錢先生由邊讓〈章華台
賦〉「振華袂以逶迤，若遊龍之登雲」、傅毅〈舞賦〉「蜲蛇姌嫋，雲
轉飄曶，體如遊龍，袖如素蜺」、曹植〈洛神賦〉：「翩若驚鴻，婉若
遊龍」諸例旁及卞蘭〈許昌宮賦〉、《淮南子・修務訓》、張衡〈舞
賦〉，得出認識：「皆言體態之嫋娜夭矯，波折柳彎，而取喻於龍蛇，
又與西方談藝冥契。」[43]關於「西方談藝」，錢先生列舉出米凱郎傑
羅論畫特標「蛇狀」，霍加斯本稱蛇形或波形之曲線為「美麗線」，
席勒判別陰柔也以焰形或蛇形線為「柔妍之屬」。錢先生還指出「美

---

[42]　《七綴集》（修訂本），第 33 頁，上海古籍出版社 1994 年 8 月版。
[43]　《管錐編》第三冊，第 1028 頁。

人曲線之旨」，雖發軔於《詩‧陳風‧月出》，踵事增華則多見於漢
魏之賦。但隨著時代的發展和文學的演進，「後世寫體態苗條，輒
擬諸楊柳」，「楊柳細腰」即成名言、套語，後來又逐漸以「蛇腰」
替代了「柳腰」，「蛇腰」之喻卻是曹雪芹的創獲。說晴雯是「水蛇
腰」，是王夫人對晴雯的貶詞，可又是曹雪芹對晴雯的褒語。在外
國文學作品中，以蛇喻美女細腰的例子很多，多為贊詞；在中國
文學作品中，以蛇喻美女細腰的例子卻倒少見。王夫人說晴雯乃
「水蛇腰」，蓋以蛇的陰冷、輕佻、容易纏人（男人、寶玉）之身
而生禍害作喻。因為蛇常出沒於陰濕之地，「水蛇」更不待言，故
有陰冷之性；蛇來無影去無蹤，給人以狡猾的印象。《聖經‧馬太
世紀》第三章就說：「唯有蛇比田野上一切的活物狡猾。」蛇有毒
能致死人命，是惡的象徵，它能引誘人走向邪惡──王夫人即有名
言：「好好的寶玉，倘或叫這小蹄子勾引壞了，那還了得。」（第七
十四回）錢先生通過中西對比，既點出了曹雪芹的創新之處，又揭
示出中西文化背景的差異。

　　（二）元春之「骨肉分離，終無意趣」。元妃省親乃《紅樓夢》
的大關目。作為一個女人，能成為皇妃似乎是最為榮耀、最為快
樂的事了，而元妃省親的結果卻是全家一片哭聲，元妃安慰賈母、
王夫人道：「當日既送我到那不得見人的去處，好容易今日回家娘
兒們一會，不說說笑笑，反倒哭起來。一會子我去了，又不知多
早晚才來！」說著又哽咽起來。賈政隔簾行參，元春又含淚對賈
政說：「田舍之家，雖齏鹽布帛，終能聚天倫之樂；今雖富貴已極，
骨肉各方，然終無意趣！」錢先生引元妃之語前指出，「宮怨詩賦
多寫待臨望幸之懷，如司馬相如〈長門賦〉、唐玄宗江妃〈樓東賦〉
等，其尤著者」。竊以為，元稹〈行宮〉「白頭宮女在，閑坐說玄
宗」，乃詩中尤著者，「語少意足，有無窮之味」（洪邁《容齋隨筆》

卷二）。而元春哀歎「骨肉各方，終無意趣」反「待臨望幸」之道
而行之，錢鍾書指出這種意象淵源有自：

> 左九嬪〈離思賦〉：「生蓬戶之側陋兮，……謬忝側於紫
> 廬。……悼今日之乖隔兮，奄與家為參辰。豈相去之雲遠兮，
> 曾不盈手數尋；何宮禁之清切兮，俗瞻睹而莫因！仰行雲以
> 欷歔兮，涕流射而沾巾。……亂曰：骨肉至親，化為他人，
> 永長辭兮！」……左芬不以侍至尊為榮，而以隔「至親」為
> 恨，可謂有志，即就文論，亦能「生跡」而不「循跡」矣（語
> 本《淮南子‧說山訓》）。[44]

　　而元春「垂淚嗚咽」、「雖不忍別，奈皇家規矩錯不得的，只
得忍心上輿去了」云云，即〈離思賦〉所謂「忝側紫廬」、「相去
不遠」、「宮禁清切」、「骨肉長辭」，「詞章中宣達此段情境，莫早
於左賦者」[45]，抉發文意，足可成為金科玉律。

　　（三）賈瑞之「我再坐一坐兒──好狠心的嫂子。」賈瑞「癩蛤蟆
想天鵝肉吃」（第十一回平兒語），打起了「辣子」王熙鳳的主意。王
熙鳳要讓賈瑞知道她的手段，遂「毒設相思局」。

　　賈瑞急切切地前來「請安說話」，王熙鳳先是「快請進來」，
並著意打扮了一番，賈瑞一見差點兒「酥倒」。在阿鳳的句句挑逗、
引君入彀的談笑中，賈瑞高興至極，動手動腳起來。王熙鳳笑道：
「你該走了。」賈瑞說：「我再坐一坐兒。──好狠心的嫂子。」
而阿鳳讓他「起了更」在「西邊穿堂兒」那裏等她。

　　錢先生在論張衡〈南都賦〉時指出「賓主去留」有幾種情狀：
一是「客賦醉言歸，主稱露未晞」，客欲歸而主挽留。二是「或有

44　《管錐編》第三冊，第 1103 頁。
45　《管錐編》第三冊，第 1103 頁。

辭而未去，或有去而不辭」（湯顯祖〈秦淮可遊賦〉），言離去而仍不走，不言去而不辭而去。三是「佯謂公勿渡，隱窺王不留」（張謙益《絸齋詩談》卷七引失名氏詩），主言「再坐一坐兒」，其實客人知道主人不願留，俗諺「下雨天，留客天，天留人不留」，或可比勘。而第四種情狀正是《紅樓夢》所寫阿鳳、賈瑞的對話，故錢先生點出「別是一情狀也」。阿鳳所言之「該」乃「外交辭令」，驅趕與厭惡之意並存，而輔之以「笑」，正可見出阿鳳之「手段」；賈瑞卻是「樂而忘返」、「歡娛嫌夜短」，「人間天上日月遲速不同」，似乎身在仙界，「坐一坐兒」時間越長越好，故不願離去。「賓主去留」情狀，大致不出上述四種，發掘世態人情，令人警戒而解頤！錢先生特別拈出阿鳳、賈瑞的「別一情狀」不僅有助於人們讀《紅樓夢》，更有助於人們認識人情世態。錢先生讀書之細、知世之深，於此可見一斑。

順便指出：賈瑞所言「好狠心的嫂子」之「狠心」，似乎是錢先生所謂「中外古文皆有一字反訓之例」；「宋詞、元曲以來，『可憎才』、『冤家』遂成詞章中稱所歡套語」[46]。賈瑞之「狠心」，兼具怪怨、愛憐兩義，怪怨阿鳳催他離去，愛憐阿鳳對他有意。紅樓夢研究所新校注本於「我再坐一坐兒」後用一破折號，頗為恰當和傳神！

(四) 駁護花主人「凡歡落處每用吃飯」說。《紅樓夢》研究派別之一——評點派中有一重要人物王希廉，字雪香，號「護花主

---

[46] 參見《管錐編》第三冊，第 1055-1059 頁。錢先生引《說郛》卷七蔣津〈葦航紀談〉云：「作詞者流多用『冤家』為事，……〈煙花記〉有云：『冤家』之說有六：情深意濃，彼此牽繫，寧有死耳，不懷異心，此所謂『冤家』者一也；兩情相有，阻隔萬端，心想魂飛，寢食俱廢，此所謂『冤家』者二也；長亭短亭，臨歧分袂，黯然銷魂，悲泣良苦，此所謂『冤家』者三也；山遙水遠，魚雁無憑，夢寐相思，柔腸寸斷，此所謂『冤家』者四也；憐新棄舊，辜恩負義，恨切惆悵，怨深刻骨，此所謂『冤家』者五也；一生一死，觸景悲傷，抱恨成疾，殆與俱逝，此所謂『冤家』者六也。」

人」，道光十二年（1832）刊出《新評繡像紅樓夢全傳》，上面有護花主人的評點，計有〈護花主人批序〉、〈紅樓夢總評〉、〈紅樓夢分評〉。由於王雪香的評點本問世較早，流傳亦廣，故影響較大。其評雖間有真知灼見，然亦有「索隱」、「附會」之嫌。錢先生在論述《左傳・昭公二十八年》魏子引當時諺語「惟食忘憂」時對王希廉評點有如下駁議：

> 《紅樓夢》「凡歇落處每用吃飯」，護花主人於卷首〈讀法〉中說之以為「大道存焉」，著語迂腐，實則其意只謂此雖日常小節，乃生命所須，飲食之欲更大於男女之欲耳。[47]

　　錢先生的這節文字與恩格斯的如下名言完全相通：「人們首先必須吃、喝、住、穿，然後才能從事政治、科學、藝術、宗教等等。」[48]吃飯乃人生第一需要，吃飯就是吃飯，有何「大道」存於其間？錢先生於細微處道出簡單的真理，是對「舊紅學」「索隱」、「評點」的嚴肅批評，令人叫絕！

　　(五) 不盡信書。《孟子・盡心篇》下有名言：「盡信《書》，則不如無《書》。」這種懷疑精神對後世善於讀書的學人影響很大。

　　錢先生則對孟子的觀點進行了革命性的改造：「顧盡信書，固不如無書，而盡不信書，則又如無書，各墮一邊；不盡信書，斯為中道爾。」[49]因此，錢先生的「不盡信書」頗具辯證法，在他的全部著作中，都切實貫徹著這一讀書治學的法則。在論及《紅樓夢》時，錢先生很好地運用了「不盡信書」的法則。請看數例：

---

[47]　《管錐編》第一冊，第 240 頁。
[48]　《馬克思恩格斯選集》第三卷，第 574 頁。
[49]　《管錐編》第一冊，第 98 頁。

《紅樓夢》第五回寫秦氏房中陳設，有武則天曾照之寶
鏡、安祿山嘗擲之木瓜、經西施浣之紗衾、被紅娘抱之鴛
枕等等。倘據此以為作者乃言古植至晉而移、古物入清猶
用，歎有神助，或斥其鬼話，則猶「丞相非在夢中，君自
在夢中耳」耳。[50]

《紅樓夢》本來是小說，允許且必須虛構鋪張，如認虛成實，
或謂其荒謬，豈非癡人說夢？

蓋文詞有虛而非偽、誠而不實者。語之虛實與語之誠偽，相
連而不相等，一而二焉。是以文而無害，誇或非誣……《紅
樓夢》第一回大書特書曰「假語村言」，豈可同之於「誑語
村言」哉？[51]

《紅樓夢》的作者的確把自己家族的真實歷史和自己的親見
親聞寫進了小說中，這是其「誠」的一面；但是，《紅樓夢》決不
是作者及其家世的「實錄」和「招供」，因此不能把小說當作作者
自傳去加以「索引」，這是其「虛」的一面。「虛」乃文學作品的
特質之一，一定要有虛構和想像；「實」乃來源於當時的社會現實，
不無一定的現實依據，脂批就多次指出《紅樓夢》所寫乃作者和
批者親身經歷之事，即為明證。「索隱派」的致命傷即「認虛成實」，
從而完全違背了文學創作的規律。

後世詞章時代錯亂，貽人口實，元曲為尤。……夫院本、小
說正類諸子、詞賦，並屬「寓言」、「假設」。既「明其為戲」，

[50] 《管錐編》第一冊，第 98 頁。
[51] 《管錐編》第一冊，第 96-97 頁。

於斯類節目讀者未必吹求，作者無須拘泥；即如《紅樓夢》第四〇回探春房中掛唐「顏魯公墨蹟」五言對聯，雖患《紅樓》夢囈症者亦未嘗考究此古董之真偽。倘作者斤斤典則，介介纖微，自負謹嚴，力矯率濫，卻顧此失彼，支左絀右，則非任心漫與，而為無知失察，反授人以柄。譬如毛宗崗《古本三國演義》詡能削去「俗本」之漢人七言律絕，而仍強漢人賦七言歌行（參觀《太平廣記》卷論〈嵩岳嫁女〉），徒資笑枋，無異陸機評點蘇軾〈赤壁賦〉（姚旅《露書》卷五）、米芾書申涵光〈銅雀台懷古詩〉（劉廷璣《在園雜誌》卷一）、王羲之書蘇軾〈赤壁賦〉（《官場現行記》第四二回）、仇英畫《紅樓夢》故事（《二十年目睹之怪現狀》三六回）等話把矣。[52]

「關公戰秦瓊」是文學作品中常見的現象。如果清末民國初的「索隱派」大家能讀到錢先生的這一節文字，是否會「為學知止」呢？

綜上所述，錢鍾書先生在「紅學」領域的貢獻是巨大的。我們僅舉出了部分文字，難免有掛一漏萬、郢書燕說之處。但我們相信，隨著「紅學」研究的深入拓展，必將有高明者對錢先生在「紅學」史上的地位作出更為恰當的評價，他對《紅樓夢》的真知灼見必將為人們所更加青睞。

---

[52] 《管錐編》第四冊，第 1299、1302 頁。

錢鍾書先生怎麼看《心史》真偽問題

上海外國語大學文學研究所

陳福康

　　我在二〇〇一年出版的拙著《井中奇書考》（鄭思肖《心史》暨宋季明季愛國詩文研究）的後記的最後，感謝了不少師友；但有兩位先生，錢鍾書和程千帆的大名，我沒有寫上。錢、程兩位都對我研究鄭思肖《心史》有過鼓勵和幫助，但他們已去世，我怕寫上他們的尊名某些人會懷疑或嘲諷我「攀附」。

　　而且，當時我已「敏銳」地「發現」，錢先生對《心史》的真偽似乎很有顧慮。他的《宋詩選注》一書就不選鄭思肖的詩。他的《談藝錄》、《管錐編》二書多處提到鄭思肖，但總是小心翼翼地回避《心史》。（順便提及，被人合稱為「二錢」的另一位錢仲聯先生，似乎也是如此。他長期居住在發現和初刻《心史》的蘇州，但在他編選的《宋詩三百首》書中不選《心史》，在他的《夢苕庵詩話》中也未提到《心史》。）

　　我曾專門請教過錢先生，《宋詩選注》何以不選鄭思肖的詩，是否認為《心史》是偽書？同時還冒昧地附去了考辨《心史》真偽的拙文。錢先生一九九〇年一月二十五日在病中「力疾作報」，說：「當年未選鄭所南詩，憶為不喜其風調；至於《心史》是否即

出《錦錢餘笑》等作者之手，初無定見。待細讀尊文後，當有啟發也。」我還曾將自己整理點校的《鄭思肖集》寄贈錢先生。遺憾的是，因為他老人家「老病無力」，後來沒有再來信談他對《心史》的看法。

錢先生對晚輩非常客氣，扶病回信尤令我感動，不過，我對他「當年未選鄭所南詩」的解釋卻依然心存懷疑。錢先生逝世後，拙書《井中奇書考》第三三六頁寫到：我不能相信《心史》中那麼多好詩都入不了錢先生之目。恐怕還是因為眼前有「偽書說」之陰影，多一事不如少一事，故未選錄吧。我在拙書的注釋中進一步說：「我這樣『小人之心』的猜想，恐怕有點根據，再可舉一例：錢著《管錐編》第一五四則談歷史上的『正統論』，錢先生以『睹記所及』，列舉了唐代以後二十來位專論『正統』的學者名，以及他們的論著出處，卻偏偏沒有提及鄭思肖《心史》中很突出的〈古今正統大論〉。這不可能是博學強記的錢先生睹記未及，因為他提到的魏禧等人的文章中也都引用了鄭氏此論。另外，這恐怕也與錢先生的『家學』有關。錢先生父親錢基博所著《中國文學史》，就沒有提及鄭思肖《心史》。」

我至今仍是這樣想。而且還可補充兩件事。

一是錢先生十分尊重的前輩、曾與他討論過詩學的著名詩人學者陳石遺，雖然與所南同為閩籍，但似乎從來不願或不敢提到《心史》。例如，在他所編選的有名的《宋詩菁華錄》中，一點也不涉及《心史》，只是引了鄭思肖集外的一首四言題蘭詩，而這首四言是根本不能與《心史》中的很多好詩相比的；在他所輯的《元詩紀事》卷三十一「宋遺老」中有鄭思肖，但也不提《心史》，只是輯錄了鄭思肖五句（首）詩，無一出自《心史》；在他寫的《石遺室詩話》（及其續編）中，亦無一語談及《心史》，惟卷二記樊

樊山贈其詩中有「選詩斷爛噓貽上，縅井幽光闢所南」句，但石遺對「縅井」之書未贊一詞。陳衍老先生的這種態度，對錢先生當有影響。

二是錢先生參與撰寫的中國科學院文學研究所的《中國文學史》（一九六二年出版），其中唐宋部分正是由錢先生負責主持的，在寫到鄭思肖時，僅說他「有《所南集》」，竟毫不提及《心史》。而在歷史上，其實從來沒有出過一本所謂《所南集》的書，只是在元人編印的鄭思肖父親鄭震的《清雋集》後，曾附有鄭思肖的《鄭所南先生文集》。而《鄭所南先生文集》只收了寥寥幾篇文章，沒有詩，而且這些文章全部作於入元二十多年後，因此根本不宜放在「宋代文學」部分寫！更奇怪的是，這部《中國文學史》引了鄭思肖的一首詩〈送友人歸〉，並給予較高的評價，然而這首詩卻偏偏正是出自該書小心翼翼要回避的《心史》，因此書中根本沒有提到此詩的出處！

儘管如此，我還是一直希望能看到錢先生對《心史》的論述，和他對考辨《心史》真偽的拙文的批評。二〇〇三年，某人「整理」而署「錢鍾書著」的《宋詩紀事補正》（遼寧人民出版社出版）一問世，我就去買了一部。因為我知道，清人厲鶚的《宋詩紀事》是明確肯定《心史》的，並選錄了《心史》中《咸淳集》《中興集》的十首詩，錢先生既然為該書「補正」，就回避不了這一點。《宋詩紀事補正》一到手，我就翻到卷八十的「鄭思肖」，只見有按語寫道：「**《咸淳集》《中興集》皆在《心史》中。以《鮚埼亭集外編》卷三十四《心史題詞》記厲鶚語觀之，蓋厲知其書非偽撰，故《紀事》採錄。**」我大舒一口氣：看來錢先生也是「知其書非偽撰」的！

不過，隨後我便發現這部錢先生逝世後出版的《宋詩紀事補正》，很多地方是胡編亂來的，實在有負於錢先生。對此，我與其

他學者發表過好幾篇批評文章。恍然大悟而悲惋不置的楊絳先生不得已，就只好請三聯書店於二〇〇五年另行影印出版了有錢先生原批手跡的《宋詩紀事》，並改書名為《宋詩紀事補訂》，以與《宋詩紀事補正》劃清界線。我又查看了《宋詩紀事補訂》卷八十「鄭思肖」，卻是並無錢先生一個字的批語！

　　那麼，上引《宋詩紀事補正》的那段按語，究竟是不是錢先生寫的呢？我思考後認為，那還是錢先生寫的。很多朋友都說，那位「整理」《宋詩紀事補正》的先生的水平實在太糟糕（滬地方言叫「搭漿」），是寫不出這樣的話來的。聽說，錢先生當時請他「整理」時，曾先後給他寫過不少紙條和信箋，想必那段按語就在其中。只是楊絳先生後來為影印《宋詩紀事補訂》向他索取，他卻不給，害得我們研究者看不到錢先生的那些手跡，真是可氣！

　　欣喜的是，近年商務印書館又影印出版了三大冊《錢鍾書手稿集・容安館札記》。我興奮地看到書裏有多處寫到了鄭思肖，其中至少有四處涉及《心史》，態度都是肯定的。

　　一、第一冊第二八九頁，在抄錄方文〈閱鄭所南詩〉的「生憎地走人形獸，也覺春開鬼面花」句旁，錢先生批曰：「**按，《心史・中興集・辛巳歲立春作》云：『地走人形獸，春開鬼面花。』**」

　　二、第二冊第八二五頁，在提及韓偓〈夕陽〉絕句「不管相思人老盡，朝朝容易下西牆」後，錢先生的補注抄錄了《心史・咸淳集・春日遊承天寺》句：「不管少年人老去，春風歲歲闔閭城。」

　　三、第三冊第一八八九頁，在談王績〈醉鄉記〉時，錢先生抄錄了《心史・中興集一卷・醉鄉十二首・其九》：「江潮初上玉船空，假道青州一水通。相去塵寰千萬里，不愁日夜不春風。」

　　四、第三冊第二○二二頁，錢先生寫到洪亮吉「**《北江詩話》稱鄭所南詩『翻海洗青天』五字為『古今奇詞之冠』**」。「翻海洗青天」為《心史・中興集一卷・寫憤三首・其三》之佳句。

　　以上字跡，多可推測寫於錢先生晚年，特別是有幾處還用了鋼筆。

　　因此，我的結論是，錢先生其實並非不喜鄭思肖詩的風調，上面他所引諸句就都是佳詩，尤其還提到了鄭思肖詩的「古今奇詞之冠」；而且，他後來對《心史》真偽的看法已經改變了原先的小心翼翼的態度。至於他的這種態度的轉變，是不是與拙文「當有啟發」有關，則是不敢說了。

錢鍾書早期的「異國形象」研究

——《十七、十八世紀英國文學中的中國》及其他

廈門大學中文系

賀昌盛、孫玲玲

　　1933 年，錢鍾書先生於清華大學畢業後，曾在上海光華大學短暫任教，接著就考取了英國的庚子賠款獎學金，於 1935 年秋攜楊絳先生一起留學英國，1937 年夏，錢先生在牛津大學英國語言文學系順利畢業，在皮埃爾‧馬蒂諾的《十七、十八世紀法國文學中的東方》等著作的啟發下，[1]他完成了《十七、十八世紀英國文學中的中國》的論文，並以此獲得了 B.Litt 學位。後經楊絳先生整理，發表於 1940-1941 年的英文版《中國圖書季刊》（Quarterly Bulletin of Chinese Bibliography）上。錢鍾書的學位論文重點探討的是十七至十八世紀英國的各式歷史文獻及文學作品對於「中國」的特定解讀與想像性塑造，當隸屬於比較文學形象學之「異國形象」研究的範疇。從錢先生的整個學術歷程來看，除了該學位論文及在上世紀五十年代初曾應周揚之約撰寫的以十六世紀歐洲文

---

[1]　錢鍾書《錢鍾書英文文集》，第 83 頁，北京：外語教學與研究出版社，2005年，本文所引漢語譯文均為筆者試譯。

獻為考察對象的《歐洲文學裏的中國》（未完稿）[2]之外，錢鍾書一生基本上再也沒有涉及這個領域的研究，這不能不說是一件憾事。惟其如此，在當下這種異國文化交流日趨頻繁而形象學研究也在不斷深入的大背景之下，重新認識錢鍾書先生在此項研究上的真正價值之所在，才顯得尤為重要。

一、「中國熱」的背後：「歐洲中心」意識

　　按照巴柔教授的定義，比較文學形象學主要以某部作品或某種文學中的「異國形象」為研究對象，或者說，是側重於研究某國形象在某種文學中的「流變」過程。錢鍾書先生的學位論文重點研究的即是「中國」形象在十七、十八世紀英國文學中的「演進」歷程，包括法國的中國研究對英國的影響、英國早期文獻中所呈現出來的「中國」面貌、中國風格在英國的流行與爭議，以及英國文學中對於中國故事的曲解與改寫等等。借助於對紛紜繁雜的文獻史料的清理，錢先生清晰地勾畫出了「中國」形象在十七、十八世紀英國人眼中從「烏托邦」到「功利性改寫」的變化軌跡，以此揭示出了這個時期「中國熱」背後的意識形態意味。

　　從中西文化交流的縱向歷史來看，十七至十八世紀可以看作是歐洲人認識中國的極為關鍵的一個過渡階段，它既在某種程度上延續並整合了十六世紀以前的全部「中國影像」，同時也在日益被強化的「優／劣」、「強／弱」的等級意識支配下開啟了歐洲十

---

[2]　錢鍾書〈歐洲文學裏的中國〉，見《中國學術》2003 年第 1 期。

九世紀以後向中國全面輸送其異質文化形態的大門。應當說，錢鍾書先生選擇這一過渡時期作為考察時限，並且選擇相對於法、德而言尚略顯薄弱的英國漢學為評述對象，是有其特定的目的和意義的；他不只是希望以一個真正中國學者的身份去矯正英國人對於中國的誤解、歧見和種種怪誕的想像，更重要的，他其實是在自身民族倍受西方列強蹂躪的特殊情境中，冷靜而耐心地向西方世界傳達著作為人類的最起碼的平等意識和對話理念。從另一個層次上講，如果我們承認中國文化確實深刻地刺激和啟發了歐洲的啟蒙運動，那麼，這場空前的思想革新運動何以主要發生在德、法等歐陸國家，而在近代化條件相對更為優越的英國卻表現得並不是很明顯呢？這也許是錢鍾書選擇此一論題展開深入探究的另一個潛在的動機。

　　十七、十八世紀的英國同其他歐洲國家一樣，曾掀起過持續不斷的「中國熱」，但英國的「中國熱」在十七、十八世紀卻呈現過截然不同的格局。在十七世紀，隨著各式器物及中國文化典籍的初步傳入，「中國風格」不僅在普通英國民眾中廣為流行，英國文人也同樣把對「中國式」的異國風情的精心描繪視為時尚；但到了十八世紀，英國民眾雖然仍舊保留著對「中國裝飾」的好感，英國作家們卻開始對中國的一切大加批判。而事實上，從錢鍾書的精細考證與辨析中不難看出，無論是褒揚還是貶斥，它們其實都與現實世界中的中國並無多大關係。用形象學的理論來解釋就是：塑造與想像「他者」形象的最終目的實際只是為了塑造其「自身」。如錢鍾書所說，在「中國熱」的表像背後，滲透的其實是英國人對中國的普遍的「漠不關心」。[3]

---

[3]　錢鍾書《錢鍾書英文文集》，第 83 頁，北京：外語教學與研究出版社，2005年，本文所引漢語譯文均為筆者試譯。

　　有兩個特出的例證最能顯示這種「漠不關心」。一個是他們對中華民族及其漢語源頭的推斷；一個則是英國人對於中國戲劇《趙氏孤兒》的改寫。

　　據錢鍾書考證，由於受門多薩的影響，瓦爾特・拉雷爵士很早就堅持認為，中國人是《聖經》所載大洪水以後乘「方舟」逃生的「諾亞」的後裔，[4]湯瑪斯・布朗則進一步認為，漢語很可能就是那種未受巴別塔詛咒的原始語言；由於中國人居住在世界的邊緣，幾乎與世隔絕，所以仍在使用這種極為古老的語言，偉大的孔子的著作即是用這種語言記錄下來的；當然，在另一方面，中國又一直在遭受著其他民族的不斷襲擊，多民族長期的混雜與腐化，已經使那種古老的文字語言在展示其共有的美德和事物方面的恒定性徹底喪失了。[5]黑林也基本認同拉雷的說法，但他同時中肯地反駁認為，隨諾亞留下的人使用過的大洪水之前眾神通用的語言已經隨著與其他語言民族的通商往來而分化成了若干語言或某種語言的多種方言。「追尋一種未受巴別塔建造之影響的『原始語言』似乎是十七世紀英國盛行的風氣。」[6]十七世紀英國作家們持續而堅信不疑的討論，最終導致了約翰・韋伯的〈一篇試圖證明中華帝國的語言是原始語言的歷史評論〉（1669）的文章的出現。該文借助《聖經》和由歐洲既有文獻中有關中國遠古歷史的「可靠記錄」，彷彿合於邏輯地推演出了中國人是諾亞定居東方而繁衍的後裔的奇特結論。韋伯以古老、簡單、通用、質樸、直接

4　錢鍾書《錢鍾書英文文集》，第 96 頁，北京：外語教學與研究出版社，2005
　　年，本文所引漢語譯文均為筆者試譯。
5　錢鍾書《錢鍾書英文文集》，第 101 頁，北京：外語教學與研究出版社，2005
　　年，本文所引漢語譯文均為筆者試譯。
6　錢鍾書《錢鍾書英文文集》，第 106 頁，北京：外語教學與研究出版社，2005
　　年，本文所引漢語譯文均為筆者試譯。

以及「學者的認同」這六條「首要標準」最終判定：漢語正是大洪水之前通行於世界的最為純潔的原始語言，外族的征服並不能改變其語言的自有特性。[7]韋伯藉此為英國乃至整個歐洲確立起了東方中國是由「哲人王」統治著的「上帝之城」的炫目形象。此種熱潮到威廉・坦普爾爵士時代幾乎達到了頂峰，像韋伯一樣，坦普爾對哲人王式的中國政府也大加頌揚，他認為，中國人的政治設計完全可以看作是色諾芬的學園、柏拉圖的理想國、歐洲人的烏托邦以及眾多作家筆下想像中的伊甸園島國的現實模型。[8]而作為中國思想最高代表的孔子則被描述成了「最富智慧也最具哲學道德的政治大師和預言家」，以及「崇高的、睿智的、脫身於自然理性的最為純淨的」思想典範。[9]

　　錢鍾書認為，如果說十七世紀的英國確實曾賦予了中國以難得的榮耀的話，那麼，這種榮耀其實僅僅來自於英國人對遙遠的東方中國的好奇與虛構，零散的甚至彼此矛盾的各種記述雖然在表面上構建起了一個理想的「東方烏托邦」中國的形象，但這個形象本身卻一直含混不清──他們所構建的只是「英國式的中國」而非「中國」本身。從現代形象學的角度來看，與其說十七世紀的英國人曾顯示出了對遙遠中國的嚮往與讚美，還不如說他們其實是在把以「他者」形式存在的中國當作載體去滿足他們自身潛在的「伊甸園」訴求──中國在此只是一面鏡子，其中影射出的仍舊是英國人自身的形象。唯其如此，我們才看到，他們雖然熱衷於研究中國的

---

[7]　錢鍾書《錢鍾書英文文集》，第 107 頁，北京：外語教學與研究出版社，2005年，本文所引漢語譯文均為筆者試譯。

[8]　錢鍾書《錢鍾書英文文集》，第 114 頁，北京：外語教學與研究出版社，2005年，本文所引漢語譯文均為筆者試譯。

[9]　錢鍾書《錢鍾書英文文集》，第 117 頁，北京：外語教學與研究出版社，2005年，本文所引漢語譯文均為筆者試譯。

一切，而實際上他們對真正中國的事務其實並不關心；發生在中國土地上的戰亂、民生、暴政和災害都與他們無關，他們只關心如何將一個遙遠的「異在」國度合理地納入到他們既有的思想與歷史體系之中，並從他們所想像的中國人的生活中去獲取符合於其自身「烏托邦」生存理想的諸種因素，而不可能希望將現實中國的生存形態照搬進他們自己的生活——「中國熱」的背後所透露的其實是無可置疑的「歐洲中心」意識。也正因為十七世紀英國人的中國想像中並沒有包含多少真正人文主義關懷的因素，這種想像才會在十八世紀的英國徹底滑向了實用主義的泥淖，十八世紀英國作家對《趙氏孤兒》的改編就清楚地說明了這一點。

　　《趙氏孤兒》是最早引起歐洲作家普遍興趣的中國戲劇，繼伏爾泰的法文改編本之後，在英國又相繼出現了塞特爾和羅切斯特的情節片段，以及哈切特和亞瑟・墨菲的改編本《中國孤兒》。這類改編所依據的基本都是杜赫德在《中華通志》中有關該故事的法文翻譯，[10]但奇怪的是，幾乎所有英國作家的改編本中都不約而同地出現了韃靼人征服中國的情節。然而從形象塑造的角度看，這似乎也是順理成章的。十八世紀的英國甚至整個歐洲正處於前所未有的歷史變革時期，王朝專制與民眾爭取個人的自由權利之間的對抗日益激烈，這個時期的英國作家不可能對中國戲劇《趙氏孤兒》中所刻意彰顯的忠義道德發生任何興趣，而只可能保持其對自身國家的生存及未來命運的功利性關注。韃靼人對中國的征服更能顯示作家們對於新生力量在衝擊王朝政治過程中種種複雜情形的探究與思考，所以，救孤與復仇對英國人而言並不重要，重要的恰恰是這個生動曲折的中國故事背後所隱含的國

---

[10] 錢鍾書《錢鍾書英文文集》，第 152 頁，北京：外語教學與研究出版社，2005年，本文所引漢語譯文均為筆者試譯。

家政治意味。正因為如此，哈切特的改編才增添了大量有關懲治專權腐敗革新國家面貌以防止國家淪於異族人之手的內容，墨菲也才會對伏爾泰改編本中蒙漢言和式的騎士道德說教大加批判而對抵禦外侮的精神價值顯示出獨有的青睞——墨菲生活的時代正是十八世紀五十年代英法戰爭中英國處於極端劣勢的時期，墨菲的改編本之所以會在英國倍受稱頌，並非這部戲劇本身有何等的創造性，而僅僅只是它在恰當的時候廣泛地激發了英國民眾的愛國熱情，長達七年的戰爭中英國人最終取得了勝利，不能不說應該有墨菲的一份功勞。但就「中國」而言，這個異邦國家是否會淪入韃靼人之手已經跟英國人沒有多大關係了。

　　當然，從另一個角度來看，褪去了光環的「中國」也許更接近現實中國本身。錢鍾書總結認為：「如果說十八世紀的英國人不如他們十七世紀的前輩那樣欣賞中國人，也不如同時代的法國人瞭解中國，但他們更理解中國。」[11]儘管他們的批評中不乏貶斥，但也正是因為有了他們的種種爭論與辨析，中國文學才首次進入了「文學」的領域，漢語也終於以一種獨立的語言系統被納入了「語言學」研究的範疇。十八世紀英國作家的實用主義傾向確實在一定程度上澄清了十七世紀籠罩在中國形象上的神學的、哲學的及歷史的等等諸多迷霧，並且在建築、繪畫甚至民族性格等方面相對糾正了十七世紀英國作家和十八世紀法、德等國作家所共有的那些錯誤觀念。馬戛爾尼勳爵出使中國之後，英國人對中國的態度有了些微的好轉。儘管馬戛爾尼的出使在某些禮節上引起了爭議，但馬戛爾尼本人對於中國的評價仍然比大多數歐洲人的偏見要中肯得多，他曾毫不客氣地批評說：「沒有比用歐洲的標準

---

[11] 錢鍾書《錢鍾書英文文集》，第 201 頁，北京：外語教學與研究出版社，2005年，本文所引漢語譯文均為筆者試譯。

來判斷中國更為荒謬的了。」[12]這也許可以看作是後世英國人重塑中國形象的開始。

二、「知識／偽知識」：歷史與文學的合謀

作為異質形態存在的「他者」，人們大多採取的是觀察分析與想像構建相互協調的方式來求得對「他者」的認識與理解的。一個時代的觀察分析所形成的共識往往會成為下一個時代人們認識的起點，由於有了這種以彼此關聯而又相互延續的「文獻鏈」形式出現的「知識聚合體」，才有了形成時間軸線上的「歷史」的可能。相對而言，「文學」形式的想像構建可以看作是對「歷史」的某種合理的修正與補充，在歷史未竟之處，文學以想像填補著歷史的空白；而在文獻與史實出現錯位時，想像有可能糾正文獻知識的不足。錢鍾書曾引休謨的話說，「對象蔽虧不明（by throwing it into a kind of shade），欠缺不全，就留下餘地，『讓想像有事可做』（leaves some work for the imagination），而『想像為了完足那個觀念所作的努力又能增添情感的強度』（the effort which the fancy makes to compleat the idea gives an additional force to the passion）。」[13]如此看，所謂「他者」形象，其實正是在「歷史」與「文學」的合力中被逐步塑造出來的，其中既可能包含著合於事實的「知識」——對「他者」本相的無限接近，同時也可能包含著有悖於事實的「偽知

---

[12] 錢鍾書《錢鍾書英文文集》，第 262 頁，北京：外語教學與研究出版社，2005年，本文所引漢語譯文均為筆者試譯。
[13] 錢鍾書〈中國詩與中國畫〉，《七綴集（修訂本）》，第 12 頁，上海：上海古籍出版社，1985 年版。

識」──對「他者」形象的肆意扭曲。形象學研究的目的，正是為了清晰地勾勒出用於構建其形象的那些「知識」與「偽知識」從形成、演化到最終定型的邏輯過程，十七、十八世紀英國人塑造的「中國形象」正是以那類由歷史與文學的互動所生成出來的「知識／偽知識」作為基礎而逐步建構起來的。

　　要想深入瞭解英國人眼中的「中國」是如何被構建或扭曲的，就必須追溯英國文獻中「中國」資訊的內在邏輯聯繫，也即英國人有關中國的「知識／偽知識」的最終來源，錢鍾書大體從器物風習、體制形態及民族特性這樣三個基本的層面對此給予了詳盡的考證和分析。

　　就器物風習而言，早期傳入英國及歐洲的中國器物大多是以精美的瓷器、絲綢及珍珠之類的「異態實物」形式出現的，它們正好與十七世紀人們日漸生髮的對刻板的古典主義審美傾向的厭棄及對「異域風情」的普遍豔羨形成了呼應。培根即認為中國的象形文字、製陶技術及火器的使用等都顯示出了非凡的智慧。器物本身也許只是增添了人們的生活情趣，但這種對中國器物的青睞卻在暗地激發了人們試圖進一步瞭解中國的普遍衝動，它同時也促使人們將目光轉向既有的文獻，以便去重新發現那種與自身的生存形態完全迥異的中國人的生活。也因此，幾乎所有歐洲傳教士與旅行者的報告和記述一時間成為了眾目關注的焦點。潑德能在其《英國詩歌藝術》（1589）一書中就曾準確地描繪過經由一位義大利旅行者帶回的中國「圖案詩」（即中國古代的某種「文字遊戲」），此種形式的詩歌本身雖沒有多大的價值，但潑德能因此而延伸描述的一種雙蛇纏繞的宮廷標誌卻激發了英國文人的普遍好奇，因為它直接與門多薩所描述過的「龍」甚至更早的馬可‧波羅及鄂多立克所記載的皇家服飾專用圖案聯繫在了一

起，「龍」也因此被逐步「定型」成為了東方君主及其權力的象
徵。威廉・坦普爾爵士則從法國耶穌會士李明神父的著述中發現
了獨特的「中國園林」，他認為，以「非對稱」的無序形式組合起
來的「中國園林」比所有歐洲園林都要更接近於自然本身，他甚
至據此發明了一個極為奇特的語彙「Sharawadgi」（疑為日語「揃
わじ」的音譯──筆者注），用以標識中國園林的所謂「散亂、疏
落」的獨有特徵。[14]另一位曾擔任過中國皇家宮廷畫師的法國傳教
士王致誠對於皇家園林的描繪，則直接激發了阿狄森、蒲柏、司
賈思和錢伯斯等人在英國大力推行中國式園藝的濃厚興趣，由此
才導致了法國人嘲諷的所謂「英式中國花園（Jardin anglo-chinois）」
在英國的廣泛流行。[15]十八世紀英國人對於中式建築、中式花園、
中式傢俱牆紙的狂熱興趣在詹森、萊希文及赫德遜等人的著作中
幾乎比比皆是，其對文學創作的直接影響就是，中國花園幾乎成
為了講述中國故事所必不可少的背景材料，如塞特爾在歌劇《仙
后》中對中國式花園場景的精心佈置等。對於「中國園林」的想
像與摹仿還直接導致了英國人對中國人的生活趣味乃至藝術觀
的猜測和推斷，頌揚者如錢伯斯等認為，中國人所崇尚的無序的
美正是對自然原則的遵從，中國人真正使無規則的自然成為了藝
術的摹本；反對者則認為，坦普爾和錢伯斯等人對中國園林的描
繪純屬耶穌會士們的虛構和想像，他們甚至認為，英國既有的園
林根本就不是摹仿中國，而恰恰摹仿的是無序的自然本身。不難
看出，所謂「中國園林」在經過傳教士、政客、作家和普通民眾
等一層層的描繪、轉述、修改、想像、摹擬和爭辯之後，已基本

---

[14] 錢鍾書《錢鍾書英文文集》，第 112 頁，北京：外語教學與研究出版社，2005
年，本文所引漢語譯文均為筆者試譯。
[15] 錢鍾書《錢鍾書英文文集》，第 157 頁，北京：外語教學與研究出版社，2005
年，本文所引漢語譯文均為筆者試譯。

上與真正的「中國園林」大相逕庭了。這種情形在英國人對中國人諸多習俗的理解上同樣如此，見到文獻中有中醫關於「濁氣」的記載，坦普爾立即聯想到人的靈魂中的「霧氣」或大腦中的「煙氣」；[16]傳教士們提供了有關中國女人「裹腳」的資訊，布朗就認定所有的中國人包括男人和女人都是「小腳」，阿狄森更是從中看出了中國丈夫的殘忍政治——通過損壞婦女的腳形來「縮小女性身體的基礎」，從而「使她們無法在傍晚去散步或去參加鄉村舞會。」他甚至呼籲所有英國女性都應當站出來聲討這種邪惡的政策。[17]

　　英國人對於中國的政治體制形態的意見一樣充滿了矛盾，珀切斯很早就對中國的政治形式、學術體系、科舉考試和宗教教派等等給予過高度的肯定，坦普爾更是認定，中國政府的「文官」制度無疑是哲人王式的管理形式的典範。他還將蘇格拉底和孔子作了對比，認為「孔子同樣在試圖將人們從對自然的無盡思考中解脫出來，以便轉向道德；但其中也有差別，希臘人似乎多傾向於個人和家庭的幸福，而中國人則傾向於好的性情及國家與政府的幸福，如同數千年來人所共知的那樣。」[18]不過，另一種源自衛匡國的看法與此正好相反，他們認為，韃靼在侵入中國的過程中，發現中國人的「樂感文化」對韃靼人的「原始血性與好鬥精神」具有嚴重的削減作用，唯其如此，韃靼王才徹底清理了中原官吏的腐敗朝廷，並引進了有效的體制改革。據錢鍾書考證，英國文獻中有關中國的記

---

[16] 錢鍾書《錢鍾書英文文集》，第 112 頁，北京：外語教學與研究出版社，2005年，本文所引漢語譯文均為筆者試譯。

[17] 錢鍾書《錢鍾書英文文集》，第 152 頁，北京：外語教學與研究出版社，2005年，本文所引漢語譯文均為筆者試譯。

[18] 錢鍾書《錢鍾書英文文集》，第 113 頁，北京：外語教學與研究出版社，2005年，本文所引漢語譯文均為筆者試譯。

述最早可追溯到理查・伊登整理翻譯的理查・威利斯用義大利文撰寫的葡萄牙人加里奧特・佩雷拉講述其被關押在中國長達數年的經歷的一份《報告》，哈克盧特的《航海全書》和珀切斯的著述中都有對《報告》的摘錄。該《報告》簡要描述了中國「大明（Tamen）」王朝時期的行政區劃、風習禮俗、科舉考試制度、地方管理形式、監獄懲罰刑律等各個方面的情形，包括對中國「衙門（Yamen）」及「特權階層」的官員「老爺（Loutea）」等的描述。正是佩雷拉的《報告》直接引發了英國人有關中國高層官員（「Loutea」或「Loytea」或「Louthea」）的紳士式的或漫畫式的想像。而真正從根本上影響了十七世紀英國人的中國觀的是門多薩的冗長而詳實的著作《中華大帝國史》，培根、拉雷和黑林等人都曾直接或間接地接受了其中的諸多觀點和史料。十八世紀英國人判斷中國的主要依據則轉向了李明神父的《中國現狀新志》和杜赫德的《中華帝國全志》，哥爾斯密對想像中的「中國」的描述即是如此。笛福筆下的魯賓遜・克盧梭雖然在一個葡萄牙領航員的帶領下旅行到了中國，但他在粗淺印象的支配下草率地認為，中國仍舊是個盛行著「野蠻、粗魯和無知」的國家，北京是「一個沒有教養的城市」，「他們的政府實行的是世界上最簡單的完全的暴政統治。」[19]笛福也同樣承認他對於「中國」的想像主要是來源於李明神父，不過，他似乎把中國當成了刻板僵化的英國議會的翻版。錢鍾書認為：「笛福明顯反對十七世紀的那些對中國的看法。他敏銳分析了這種早期的態度產生的原因：十七世紀英國作家對中國的過分羨慕，一部分源自他們發現中國比想像中更加文明時的驚喜，一部分則來源於他們主觀臆斷中國的傾

---

[19] 錢鍾書《錢鍾書英文文集》，第149頁，北京：外語教學與研究出版社，2005年，本文所引漢語譯文均為筆者試譯。

向。」「笛福的話奠定了十八世紀英國人批評中國的基調。」[20]十八世紀的曼德維爾、阿狄森、斯蒂爾、司貴思和錢伯斯等都曾積極地討論過中國問題，只是孔子在他們筆下已不再是「聖人」，中國的政體也不再是柏拉圖的「理想國」；中國有「世界上最糟糕的士兵」，因為他們「鼓勵和平精神」，如此等等。錢鍾書引撒母耳‧詹森的話評價說：「世界上再也沒有一個國家比中國更多地被談論，或更少地被瞭解了。」[21]

　　從器物風習到體制形態，英國人對中國的探究最終落腳在民族特性問題上。十七世紀的英國人借助於傳入歐洲的瓷器、絲綢、珍珠、算盤、火器、度量衡、中國象棋和圍棋乃至中國園林等等，將中國人想像成了文明富裕而又充滿智慧的民族，如彼得‧蒙迪在其遊記中所說：「中國這個國家被認為在如下方面無與倫比：古老、廣闊、富饒、多產以及富裕健康的生活。在總體上，它的藝術和治國策略是世界上其他任何國家所無以比擬的。」[22]而在進入十八世紀以後，中國人在英國人眼中開始逐步走向了十七世紀的反面。安森勳爵就在其旅行札記裏用盡可能糟糕的字眼描寫了其對中國人的厭惡，儘管他只是沿著廣州的海岸旅行過一趟而從未在真正意義上駐足過中國，但他所獲得的惡劣印象──被他宴請的中國官員居然對餐桌上的牛排感到噁心──與彼得‧蒙迪形成了鮮明對照。在十八世紀英國文人的眼中，一切繁榮、富足、文明、智慧等等都似乎不再與中國有緣，而中國人的自大、虛偽、迷信、

[20] 錢鍾書《錢鍾書英文文集》，第 150 頁，北京：外語教學與研究出版社，2005年，本文所引漢語譯文均為筆者試譯。
[21] 錢鍾書《錢鍾書英文文集》，第 166 頁，北京：外語教學與研究出版社，2005年，本文所引漢語譯文均為筆者試譯。
[22] 錢鍾書《錢鍾書英文文集》，第 127 頁，北京：外語教學與研究出版社，2005年，本文所引漢語譯文均為筆者試譯。

保守、狡黠，以及殺嬰風俗、包辦婚姻、宦官制度等等則成為了被談論最多的熱門話題。對中國人的民族特性展開過深入分析的是大衛‧休謨，而他所獲得的資訊同樣來自於李明神父。休謨認為，「中國彷彿有大量禮節和科學方面的傳承，在很多國家的發展進程中，它們可以自然發展成比當初更完善的東西。但中國是一個廣袤的帝國，說著同一種語言，遵守同樣的法律，用同樣的方式表示認同。任何先賢的觀點，比如孔子，很容易從帝國的一個角落傳到另一個角落。沒有人敢反抗流行觀念的洪流。後代們不敢反駁前輩們普遍認同的觀念。這好像是這個巨大的國度為什麼科技進步如此緩慢的自然原因。」而在他看來，中國人落後的根本因素則主要在於「缺乏發明的天賦」。[23]布朗也試圖用種族特性來解釋中國藝術，他認為，「中國人從來就溫順平和，他們的音樂也是如此。」「對中國人來說，由於他們有膽怯平和的特性，所以他們從不習慣逗樂和諷刺，總體來說是講求禮貌和彼此尊重的。因此，悲劇和喜劇都不可能產生，更不可能成為獨立的種類。他們的戲劇大多是中性的角色分配，介於悲劇的恐懼憐憫與喜劇的嘲弄諷刺之間。」[24]吉本則引用阿拉伯人的有趣說法認為：「同樣的上帝給了阿拉伯人語言，卻給了中國人更為靈巧的雙手，而給了希臘人富有智慧的頭腦。」[25]東方學家威廉‧鍾斯爵士在亞洲學會發表的一次演講（1790年）中甚至斷言：「他們流行的宗教是在較為現代的時候從印度傳入的；他們的哲學好像處於如此粗陋的情形，甚至

---

[23] 錢鍾書《錢鍾書英文文集》，第170頁，北京：外語教學與研究出版社，2005年，本文所引漢語譯文均為筆者試譯。

[24] 錢鍾書《錢鍾書英文文集》，第182頁，北京：外語教學與研究出版社，2005年，本文所引漢語譯文均為筆者試譯。

[25] 錢鍾書《錢鍾書英文文集》，第187頁，北京：外語教學與研究出版社，2005年，本文所引漢語譯文均為筆者試譯。

不配叫哲學；……他們的科學全是外來的；……他們確實有民族音樂和民族詩歌，二者都優美傷感，但說到繪畫、雕塑和建築等想像性藝術，他們彷彿（像其他亞洲人一樣）完全是外行。」[26]十八世紀英國作家對於中國的評價多數都是基於休謨及亞當‧斯密等人的「種族特性論」而延伸出來的，其中大都帶有將普遍的人類特徵錯誤地看作是特定民族特性的傾向，這種理論先在地將歐洲的白種人視為最優等的民族，因此，中國人不僅在「天賦」上低於歐洲人，而且其道德水準也只能是「被影響的」禮節。

　　細加考察就會發現，英國人對中國人無論是十七世紀式的讚美還是十八世紀式的貶斥，所有判斷幾乎都是來自於有限而片面的文獻資料而非對事實的觀察，其真實性其實是非常可疑的。作為資訊的源頭，佩雷拉的《報告》是一個受限制的囚犯的口述，門多薩神父的《中華大帝國史》是依據早期葡萄牙與西班牙的旅行者及馬可‧波羅提供的材料編寫而成；李明神父的著作主要是法國傳教士在中國傳教經歷的記錄，曾被伏爾泰稱為「由一個從未踏出過巴黎半步的人編寫的迄今為止世界上關於中國的最優秀的作品」的杜赫德的著述，也僅僅是他對耶穌會士有關中國資料的精心彙編。[27]值得注意的是，英國人所依據的材料幾乎全都來自於法國，而恰恰又是那些由並不可靠的資訊「拼湊」起來的有關中國的所謂「文獻」，一直在支撐著近兩百多年裏英國人對於「中國」的想像，「文學」則更是在以完全虛構的形式進一步強化著這類歷史性的「想像」。從法國或其他歐陸作家那裏巧妙地借鑒有關中國的素材，似乎是英

26　錢鍾書《錢鍾書英文文集》，第 188 頁，北京：外語教學與研究出版社，2005年，本文所引漢語譯文均為筆者試譯。

27　錢鍾書《錢鍾書英文文集》，第 146 頁，北京：外語教學與研究出版社，2005年，本文所引漢語譯文均為筆者試譯。

國作家的的某種慣例，塞特爾的《韃靼人征服中國》所講述的故事主要源自於衛匡國的《韃靼戰紀》中有關崇禎皇帝、李自成、吳三桂和陳圓圓的記載，但已經與大明王朝末期的史實完全沒有關係了；湯瑪斯‧珀西、亞瑟‧墨菲、彼得‧品達等等對中國題材的借鑒更是法國人的「翻譯的翻譯」。無論是阿狄森講述的韃靼將軍或蟪蛄（Hilpa）的故事、斯蒂爾模擬的中國皇帝寫給羅馬教皇的信、肯布里奇假想中的「佛（Fo）」、沃爾波爾筆下的訪歐中國哲學家或米粒王子（Mi Li）的傳奇，博耶多塑造的中國公主，還是奧彬夫人想像中的中國人的靈魂轉世、約翰‧司各特虛構的《賢官李白（Li-Po）》、韋克菲爾德夫人借中國故事對少男少女們所作的教誨，以及哥爾斯密的《世界公民》中的黑衣人與中國哲學家及對英國人熱衷中國飾物乃至所謂中國人源自埃及的理論與「諾亞－伏羲假設」的溫和諷刺等等，幾乎所有的中國故事或中國人的形象都暗藏有法國作家的身影，卻又無一不是對法國作家想像中的中國所作的想像性的二度創造——如果說法國作家的想像已經在偏離中國的實際情形的話，那麼英國作家的再度想像中，除了那些作為識別字號存在的「中國」以外，差不多已經與真正的「中國」毫不相干了。

　　錢鍾書先生的考證表明，構成十七、十八世紀英國人關於中國的全部「知識」中，一直隱藏著「經」、「緯」兩條線索。其「經線」就是所謂「歷史」，由「歐洲旅行者或傳教士的記述→法國人的彙編→英國人的翻譯借鑒」形成了一個完整的序列；而「緯線」則是「文學」，由「文獻資料→法國作家的想像→英國作家的再度想像」形成另一個完整的序列。兩個序列又分別在器物風習、體制形態和民族特性這樣三個基本層次上建立起了彼此密切關聯的「知識譜系」構架。一方面，可靠的「知識」既能提供可靠的判斷（如「算盤、圍棋」等與「東方智慧」的聯繫），同時也能提供

不可靠的想像，進而形成「偽知識」（如「遊牧民族韃靼人征服了中國」到「中國人吃馬肉」的聯想）；另一方面，文學的虛構既可能強化「知識」本身的可靠性（如從「賢明能幹的官吏形象」到「中國政府先進的文官制度」），也同樣可能衍生出其他種種的誤解（如作為權力象徵的「龍」到「黃禍肆虐」的推理）。正因為有著此類相互交錯的「知識／偽知識」作為支撐，近兩個多世紀裏，英國人所建構起來的「中國」形象才會顯得搖擺不定且彼此矛盾，它不僅嚴重干擾了國家間的正常交往，而且在相當程度上加深了彼此的文化隔膜。錢鍾書先生的研究雖然只是把英國當作了某種獨立的個案，但蘊涵於其中的那些規律性的認識卻同樣適宜於我們對其他西方國家塑造的「中國形象」的透視和理解。

三、方法論：表以「考據」、裏以「規律」

　　就學術方法而言，錢鍾書對於十七、十八世紀英國文學中的中國的研究，其實已經顯示出了其日後獨立的治學方法的基本理路，即借助「考據」來尋求表像背後的「規律」。此種學術方法的來源，一是受「新批評」對於「比較文學」學科反思的啟發，一是在強調挖掘「文本意義」的基礎上對於中國傳統學術的「考據」方法的重新復活。

　　錢鍾書曾接受過「新批評派」文學思想的影響已是不爭的事實。錢鍾書留學英國期間，正值英美「新批評」日漸勃興的時期，「新批評派」的艾略特、瑞恰茲、韋勒克和沃倫等諸多代表人物都曾是錢鍾書所稱譽的對象。但嚴格說來，「新批評」本身實際上並沒有形成一種完全統一的批評思想和批評方法，「新批評」之「新」也主要是針對當時盛行於西方的那種拘泥於作者事蹟及物事典故

等之類的煩瑣考證與牽強比較，卻全然忽視「文本」本身的「意義」的「陳舊」學風而出現的一種學術反叛。在他們看來，真正決定文學作品價值的既不是作者也不是作品產生的社會背景，而恰恰是「文本」本身，所以，「新批評」特別重視對於文本自身之「文學意義」的開掘。不過在「如何開掘」文本意義的問題上，「新批評派」的理論家們其實各自都有一套相對獨立的理論，其包括「文本細讀」在內的所謂方法在具體的批評實踐中也並不具有普遍的可操作性。換言之，「新批評」的出現主要是革新了一個時代的學術觀念與學術風氣，而不是提供了一種統一的能夠普遍操作的學術方法。正因為如此，錢鍾書儘管接受了「新批評」思想的影響，卻並沒有把「新批評」的諸多信條奉為圭臬，他恰恰把目光重新轉向了中國傳統的「考據」之學——在「考據」和「文學意義」之間尋找到了一條獨特的學術路徑。

　　「考據」又稱考證、考信或考鑑，主要是指對人物、事典、史實或書籍等進行考辨校訂。中國傳統學術的「考據」方法源於「漢學」，又稱樸學或實學，至清代乾嘉時期達於高峰，與偏於義理的「宋學」有所不同的是，「考據」之學特別講求注重證據，糾謬考辨，以訓詁之法證名物之實。中國傳統學術發展到清代的桐城派時出現了「義理、考據、辭章（和經濟）」的相對區分，而在幾乎所有的學術研究中，「考據」一直被看作是學者必備的「入門工夫」。「考據」之學在清中葉以後日漸式微，但事實上，「五四」時期胡適、顧頡剛等人所推行的「整理國故」運動其實完全可以看作是傳統的「考據學」在西式「實證」精神引領下的一次學術方法的轉換。只是在錢鍾書看來，這種轉換並沒有抓住根本，「清代『樸學』的尚未削減的權威，配合了新從歐美進口的實證主義的聲勢，本地傳統和外來風氣一見如故，相得益彰，使文學研究和考據幾乎成為同

義名詞，使考據和『科學方法』幾成同義名詞。那時候，只有對作者事蹟、作品版本的考訂，以及通過考訂對作品本事的索隱，才算是嚴肅的『科學的』文學研究。一切文學批評只是『詞章之學』，說不上『研究』的。」學術研究一旦走向考證「楊貴妃入宮前是否是處女」之類的偏狹路徑，就跟韋勒克批評過的「實證主義」者對「濟慈喝什麼稀飯？」「普希金抽不抽煙？」等等之類的「煩瑣無謂的考據」和「盲目的材料崇拜」沒有什麼區別了。但錢鍾書與「新批評」對「文獻考證」的斷然拒絕又有所不同，他進一步指出，「反對實證主義並非否定事實和證據，反對『考據癖』並非否定考據……文學研究是一門嚴密的學問，在掌握資料時需要精細的考據，但是這種考據不是文學研究的最終目標，不能讓它喧賓奪主，代替對作家和作品的闡明、分析和評價。」惟其如此，錢鍾書才特別強調，「考據」必須有一種對「思想性」的自覺，「現在中國古典文學研究裏的考據並不減退嚴謹性，只是增添了思想性。」[28]

　　中國傳統的「考據」方法大體可以分為小學法（語言學範疇的訓字正音）、史籍歸納法（古籍文獻的歸類、整理與辨析）、佐證考實法（同類事項的羅列比較）和會通法（博涉專精以求綜彙貫通）等四個大的類別，當然，其各種方法之間雖有所偏重卻又是彼此關聯的。[29]具體到錢鍾書對於十七、十八世紀英國文學中的中國的研究而言，其所採用的實際上也主要是這幾種批評方法。譬如，他對坦普爾爵士發明的描述「中國園林」特徵的「Sharawadgi」一詞及其他如「衙門（Yamen）」、「老爺（Loutea、Loytea、Louthea）」、《好（good）述（pair）傳（history or biography）》的

---

[28] 錢鍾書〈古典文學研究在現代中國〉，《錢鍾書研究（第二輯）》，第 4 頁，北京：文化藝術出版社，1990 年。

[29] 參漆永祥《乾嘉考據學研究》，82-110 頁，北京：中國社會科學出版社，1998 年。

標題直譯等等特定英語語彙的精細考察，就明顯透露出了訓字正音的「小學法」的痕跡；而他對於西方旅行者所留下的文獻史料中有關中國問題的歸納辨析，對《莊子試妻》故事在歐洲的變形軌跡的梳理，以及對《趙氏孤兒》的不同歐洲版本的平行比較等，同樣可以看作是「考據」之史籍歸納法與佐證考實法的具體應用；當然，更不用說其在哲學、歷史、文學、社會學及人類學等諸多文獻材料間的會通互證了。錢鍾書的「考據」並沒有停留於「考據」本身，而是在「考證據實」的基礎上，清晰地勾勒出了各式文獻史料間所隱藏著的內在邏輯線索，比如英國作家對歐洲傳教士與旅行者在觀念上的因襲，法國作家對英國作家的潛在影響，從十七世紀到十八世紀英國人看待中國的態度轉變的軌跡及其背後的原由等等，並由此揭示出「西方中心意識」及其對「自身形象」的關注才是誤讀中國的根本原因這一更為普遍的文學想像規律。他所採取的「比照」同樣也不是一般「比較文學」研究中的那種「異」或「同」的簡單比附，而是循此追溯出某種現象最初的源頭及其逐次演變的內在規律。錢鍾書以其對深層「文學意義」的追溯既使中國傳統的「考據」方法重新煥發了新的生機，同時也避免了「新批評」完全排斥「實證」方法的偏頗。某種程度上說，錢鍾書的這種以「考據」為根本，而以尋求文學的普遍「規律」為最終目標的方法論構架，也許才是他後來所說的「以中國文學與外國文學打通，以中國詩文學詞曲與小說打通」[30]的真正奧秘之所在。

作為一名地道的中國學者，錢鍾書始終對中國傳統學術保持著足夠的尊重，他曾明確表示：「古典誠然是過去的東西，但是我們的興趣和研究是現代的，不但承認過去東西的存在而且認識過去東西裏的

---

[30] 鄭朝宗〈《管錐編》作者的自白〉，見《人民日報》1987 年 3 月 16 日。

現實意義。」[31]「一時期的風氣經過長時期而能持續，沒有根本的變動，那就是傳統。傳統有惰性，不肯變，而事物的演化又迫使它以變應變，於是產生了相反相互成的現象。……新風氣的代興也常有一個相反相成的表現。它一方面強調自己是嶄新的東西，和不相容的原有傳統立異；而另一方面更要表示自己大有來頭，非同小可，向古代也找一個傳統作為淵源所自。」[32]在「傳統」與「新變」之間，任何一種偏執都可能會走向某種極端，堅守於傳統固然有其明顯的缺陷，斷然地拋棄傳統卻也並非可行之道，錢鍾書的嘗試其實正是在「傳統」與「新變」之間各各取長補短的一種調和。從「傳統」的角度看，這種嘗試既形成了一種以「文學（辭章）」為載體，以「實證（考據）」為根基，以發現和開掘文學之「本質規律」與「終極意義（義理）」為最終目的的學術格局，既避免了中國傳統學術的那種「義理」、「考據」、「辭章」各執一端的偏誤，也使傳統的「義理」本身脫卻了「道統」與「政統」的狹隘藩籬，並獲得了生存論層面上以「美感」超越人生的全新的意義。而從「新變」的角度看，因為有了對「傳統」學術的接續作為依託，它在開放性地合理接納「西學」資源的同時也避免了對於諸多「新論」的盲目崇拜，由此才使得中西、古今及各個學科之間真正具有了彼此「打通」的可能。

事實證明，錢鍾書在早期的「異國形象」研究中已經初步奠定了其獨特的學術路向，而其後來的「談藝」、「管錐」等也正是此種路向的進一步完善與最終的成型。如他所自陳的那樣，「談藝不可憑開宗明義之空言，亦必察裁文匠筆之實事。」[33]「藝之為術，理

[31] 錢鍾書〈古典文學研究在現代中國〉，《錢鍾書研究（第二輯）》，第 6 頁，北京：文化藝術出版社，1990 年。
[32] 錢鍾書〈中國詩與中國畫〉，《七綴集（修訂本）》，第 2 頁，上海：上海古籍出版社，1985 年版。
[33] 錢鍾書《談藝錄》，第 572 頁，北京：中華書局，1984 年。

以一貫，藝之為事，分有萬殊。」[34]「夫稗史小說、野語街談，即未可憑以考信人事，亦每足據以覘人情而徵人心，又光未申之義也。」[35]從表面上看，他似乎只是在尋章摘句、參互對比，而實際上，他其實正是在針鋒粟顆、致曲鉤幽的考索中尋找著超越於中西古今文化差異之上的普適性的「文心」和「詩心」，也因此，他才會肯定地說：「我們講西洋，講近代，也不知不覺中會遠及中國，上溯古代。人文科學的各個對象彼此繫連，交互映發，不但跨越國界，銜接時代，而且貫串著不同的學科。」所以，「在某一點上，鍾嶸和佛洛伊德可以對話。」[36]鄭朝宗先生也曾對此評價說：「錢鍾書先生文藝比較學的一個登峰造極的成就是，能從具體的語言、意境、藝術手法的比較飛躍到中西造藝精神和原則對比的高度，從而為探索世界共同的藝術原理打開途徑。」[37]從錢鍾書先生一生的學術歷程來看，「考據」其表、「規律」其裏的學術構架一直是一以貫之的，正因為有了早期的學術嘗試作為基礎，他才在現代中國學術的那種「西學至上」或「文化守成」的偏執格局之間尋找到了一條切實的「會通」之途。真正的文學比較研究，其最終目的正在於「幫助我們認識總體文學（littérature générale）乃至人類文化的基本規律。……這種比較惟其是在不同文化系統的背景上進行，所以得出的結論具有普遍意義。」[38]就當下日漸陷入困境的中國學術而言，錢鍾書先生對於學術路徑的獨特選擇也許能為我們提供更多更新的啟發和思考。

---

[34] 錢鍾書《管錐編（第四冊）》，第 1279 頁，北京：中華書局，1986 年第 2 版。
[35] 錢鍾書《管錐編（第一冊）》，第 271 頁，北京：中華書局，1986 年第 2 版。
[36] 錢鍾書〈詩可以怨〉，《七綴集》（修訂本），第 133、125 頁上海：上海古籍出版社，1985 年版。
[37] 鄭朝宗〈再論文藝批評的一種方法──讀《談藝錄》（補訂本）〉，見《文學評論》1986 年第 3 期。
[38] 張隆溪〈錢鍾書談比較文學與「文學比較」〉，見《讀書》1981 年第 10 期。

一個文學社會學意義上的「方鴻漸」

南京大學資訊管理系

徐雁

　　季羨林先生在 1988 年寫到自己的留學生涯時說：「五六十年以前，一股濃烈的『留學熱』彌漫全國，其聲勢之大決不下於今天。留學牽動著成千上萬青年學子的心。我曾親眼看到，一位同學聽到別人出國而自己則無份時，一時渾身發抖，眼直目呆，滿面流汗，他內心震動之劇烈可想而知。」（《季羨林留德回憶錄》，中華書局，香港，1993 年 4 月版）

　　文中所指的那年代，大抵上正是錢鍾書們到留學歐美成為時尚成為熱潮的時期。他還說：

　　那時候有兩句名言：「畢業即失業」，「要努力搶一隻飯碗」。一個大學畢業生，如果沒有後門，照樣找不到工作，也就是照樣搶不到一隻飯碗。如果一個人能出國一趟，當時稱之為「鍍金」，一回國便身價百倍。

　　當時要想出國，無非走兩條路：一條是私費，一條是官費。前者只有富商、大賈、高官、顯宦的子女才能辦到。後者又有兩種：一種是全國性的官費，比如留英庚款、留美庚款之類；一種是各省舉辦的。二者都要經過考試。這兩種官費人

數都極端少，只有一兩個（如錢鍾書是國民政府教育部第三屆庚子賠款留學考試資格的考取者，朱光潛是 1925 年安徽省教育廳官費留學資格的考取者，馮至是 1929 年冬河北省的考取者──引者注）。在芸芸學子中，走這條路，比駱駝鑽針眼還要困難。是否有「走後門」的？我不敢說絕對沒有。但是根據我個人的觀察，一般是比較公道的，錄取的學員中頗多英俊之材。這種官費相當多，可以在國外過十分舒適的生活，往往令人羨煞。我當然也患了「留學熱」，而且其嚴重程度決不下於別人。可惜我投胎找錯了地方……

　　季先生本人赴德國留學，儘管也是考取的，但只是「交換研究生資格」，後由其叔父和所在家庭籌資解決了路費和治裝費。按照其母校清華大學同德國學術交換處的協議，他在留學期間可獲得 120 馬克的資助，事實上，這點錢「只能勉強支付食宿費用」。有此艱難的留學背景，所以季羨林先生才痛定思痛，在回憶錄中說出「可惜我投胎找錯了地方」的怨尤之語。他說，「為祖宗門楣增輝」，是他終於獲得叔父資助和家庭支持的根本原因，因為「當時封建科舉的思想，仍然在社會上流行。人們把小學畢業看作秀才，高中畢業看作舉人，大學畢業看作進士，而留洋鍍金則是翰林一流……」

　　按：在上世紀二三十年代，由於回國的「洋翰林」數量增多，已構成社會的一個特殊階層。1934 年，張履謙在〈相國寺民眾讀物調查〉的前言中就曾寫道：「有許多文質彬彬的士大夫和穿著西裝大衣的洋翰林們，總是對於中國民眾瞧不上眼。他們一見著中國民眾的缺乏禮貌之粗鄙行為，如隨地吐痰、撒尿等，便擺著紳士的面孔痛斥，並謂：『這批傢伙真個是沒有受過教育』……」（李

文海主編《民國時期社會調查叢編‧文教事業卷》，福建教育出版社 2004 年 12 月版）

　　據 1929 年考入清華大學西洋文學系，並就此與錢鍾書同班的常風先生回憶，「我於一九三三年從清華大學大學畢業後，在北平無法找個中學教師位置，只好應太原平民中學之聘回到太原，開始我的教師生活。葉（公超）先生很想我能留在北平，可是他也沒有辦法給我找個工作」；而在另一篇紀念李健吾的文章中，他又說：「在那個時候，一個已有成就並有著作的留學生，在北平也是很難找到在大學裏教書的工作的。」（常風〈回憶葉公超先生〉、〈追懷李健吾學長〉，見《逝水集》，遼寧教育出版社 1995 年 10 月版）

　　無獨有偶。季羨林先生也回憶說，「我於一九三四年大學畢業時，叔父正失業，家庭經濟實際上已經破了產，其貧窘之狀可想而知。私費留學，我想都沒有想過，我這個癩蛤蟆壓根兒不想吃天鵝肉，我還沒有糊塗到那個程度。官費留學呢，當時只送理工科學生。社會科學受到歧視。今天歧視社會科學，源遠流長，我們社會科學者運交華蓋，只好怨我們命苦了」。他還說，「總而言之，我大學一畢業，立刻就倒了霉；工作難找，窮途痛苦，無地自容。後來母校（省立濟南高中）校長宋遠吾先生要我回母校當國文教員，好像絕處逢生。但是我學的是西洋文學，滿腦袋歌德、莎士比亞，一旦換為屈原、杜甫，我換得過來嗎？」

　　看來為「求職」而「留學」，以及在社會地位上「力爭上游」，是釀成當日「留學熱」的社會動因和人生動力，它是當年中國知識青年「就業難」問題的一種現實性折射。

　　1980 年 10 月，當《圍城》在人民文學出版社重新排印發行，隨即聲滿書林、名溢文壇的時候，錢鍾書先生曾自詠一絕云：「荒

唐滿紙古為新，流俗從教幻認真。惱煞聲名緣我損，無端說夢向癡人。」似已對時人考證本事、索隱原型之所為表示出一種無奈。根據文學社會學的原理，那麼當一部作品向社會發行以後，作者所絕對擁有的只是其「版權」，對於作品只能是「相對擁有」了。拙文所想要嘗試的，是從社會學角度來解讀一個出入於《圍城》作品內外的典型人物──「方鴻漸」。

一

錢鍾書是在 1935 年春天參加當時的國民政府教育部第三屆庚子賠款公費留學資格考試的，結果以優異成績名列榜首。當 1944 年冬，他在上海的鬱悶中，忽然提筆「想寫現代中國某一部分社會、某一類人物」時，他把文學描摹的注意力，立時聚焦到了從海外留學以後回國服務的「海歸派」身上──那該是當年中國社會中，一個身份特殊的另類青年知識份子群落。

據晚錢鍾書三年自清華大學外文系畢業、後從英國劍橋留學歸來的鄭朝宗先生說，錢鍾書「愛讀小說，尤愛讀書西洋小說。抗戰末期，他忽發感慨，以為讀了半輩子的書，只能評頭論足，卻不會創作，連個毛姆都比不上，實在可悲。於是發憤圖強，先寫短篇，後作長篇，那本舉世聞名的《圍城》就是在此憤激的情緒下產生的。他寫小說，和作學術論文一樣，態度非常認真，從情節安排到語言運用都煞費苦心，也是博採眾長，自成一味。《圍城》堪稱『學人之小說』，非讀破萬卷書定然寫不出。」（鄭朝宗〈記錢鍾書〉，見《夢痕錄》，三聯書店香港分店 1986 年 7 月版）。

　　《圍城》於 1946 年 2 月起，在鄭振鐸主編的《文藝復興》雜誌連載，上海晨光出版公司於 1947 年 5 月「晨光文學叢書」之八出版。故事是以 1937 年 7 月下旬一條駛向法國的郵船序幕的。當日「留學為求職」、「畢業即失業」問題之嚴重，從《圍城》開篇筆墨才動不久，錢先生在向讀者鋪陳故事背景時，話題就有所涉及可知：

> 照例每年夏天有一批中國留學生學成回國。這船上也有十來個人。大多數是職業尚無著落的青年，趕在暑假初回中國，可以從容找事。那些不愁沒事的學生，要到秋涼才慢慢地肯動身回國。船上這幾位，有在法國留學的，有在英國、德國、比國等讀書，到巴黎去增長夜生活經驗，因此也坐法國船的。他們天涯相遇，一見如故，談起外患內亂的祖國，都恨不得立刻就回去為它服務……

　　但緊接著的調侃之筆，是他對「國技」──中國同胞終日用麻將牌賭錢消遣行徑所做的好一番嘲弄，從而為這些歐洲留學生「服務祖國」的真實本領打了一個大折扣乃至大問號，也為本書奠定了通篇以冷嘲熱諷為主的敘事基調。

　　在這一批「學成回國」的中國留學生中，蘇文紈是第一個被隆重推出並被揶揄反諷的人物，作家借一個同船回國的留學生家屬之口誇讚道：

> ──蘇小姐，你真用功！學問那麼好，還成天看書。孫先生常跟我說，女學生像蘇小姐才算替中國爭面子，人又美，又是博士，這樣的人到哪裡去找呢？像我們白來了外國一

次，沒讀過半句書，一輩子做管家婆子，在國內念的書，
生小孩子全忘了──

接著，在用挖苦和調侃的口吻介紹留洋女學生鮑小姐之後，
作者讓主人公方鴻漸出場了。他竟不顧辭費，用大約四千字的篇
幅，將這個差不多是其無錫小同鄉的角色的底細做了傾箱傾篋的
推介，其中關鍵性的一段話，竟然是這樣來敘說的：

> 他是個無用之人，學不了土木工程，在大學裏從社會學系轉
> 哲學系，最後轉入中國文學系畢業。學國文的人出洋「深
> 造」，聽來有些滑稽……方鴻漸到了歐洲，既不鈔敦煌卷子，
> 又不訪《永樂大典》，也不找太平天國文獻，更不學蒙古文、
> 西藏文或梵文。四年中倒換了三個大學，倫敦、巴黎、柏林；
> 隨便聽幾門功課，興趣頗廣，心得全無，生活尤其懶散。

方鴻漸在歐洲留學「深造」，三年間倒換三個大學，顯然是把
他在國內本科期間從土木工程系轉入社會學系，再從社會學系轉
入哲學系，最後從哲學系轉入中國文學系的「老毛病」重新發揚
了一遍。那麼，首先的一個疑問是，方鴻漸何以能夠在學業上得
到如此這般絕對寬鬆的條件和自由選學的氛圍？

繼之的第二個重要的問題是，作為學人小說，錢先生頗為講
究「出典」，即言之有據也，那麼，當日分別有哪些人是鈔了敦煌
卷子，訪了《永樂大典》，找了太平天國文獻，學了蒙古文、西藏
文或者梵文的？他們的留學生活是如何度過的？後來各自的學術
成就又怎樣？

既然文學是來源於生活，而《圍城》又號稱「學人小說」，也
就是說作者比較講究故事出典和人物來歷，那麼，不難推想，在

錢鍾書落筆之時，他的腦海裏應該是各有其「原型」的。2006 年2 月初，我電郵我的老師、北京大學著名學者白化文教授請教，白老師於當月 12 日覆郵道：

> 以解放前後為界，在英法等國抄錄過敦煌卷子並發表過的人，代表性的有向達、王重民、姜亮夫、王慶菽等人。前三位的生平與業績（如專書與論文），在《敦煌學大詞典》中均列有專條。王慶菽先生因晚期僻處東北，與敦煌吐魯番學會不聯繫，大傢伙兒把她給忘了。其實，《敦煌變文集》中幾乎所有的材料（包括此前已有但缺乏別本者，雖僅一本而原錄文有問題者，等等），都是她連抄帶拍照弄回來的。請參閱《承澤副墨》中〈《敦煌變文集》及其前後〉一文。至於胡適之先生研究敦煌本《六祖壇經》等，則主要是利用別人抄來的資料。
>
> 查找並抄錄太平天國文獻並發表過的人，主要是向達和王重民。
>
> 學蒙古文的人，我不知道。學西藏文的人，主要是于道泉。他是在北京學會了藏文，再到法國去進修的。但他的藏文程度當時就比法國教師高。請參閱《承澤副墨》中〈平凡而偉大的學者──于道泉〉一文。于道泉是中國近現代學者中極為奇特的一位人物。他的一個妹妹是陳雲的夫人，另一個妹妹是我國藏學專家和社會學家李安宅的夫人。李與夫人均為燕京大學教授，解放初隨軍入藏、入黨。在西藏多年，他夫人還辦了一座藏族小學。前幾年夫婦先後逝於成都（西南民族學院？）。李氏夫婦雖為留學生，但藏文極可能是在北京學的。于、李二人和李的夫人，都從不依附黨內高層，極有骨氣。

在海外訪得《永樂大典》的人，是葉恭綽。他從倫敦的小古
玩店中買到第一三九九一這一卷，是三種「戲文」。其得書
記，當時有多種書刊登載。可查《〈永樂大典〉編纂六百周
年國際研討會論文集》。

白老師的指導，為我提供了基本的研索方向。我為此留意用
心，今將年來讀書偶得，用文獻學的方法排比資料如下（按照人
物出國先後為序次），並試圖從中探索其與錢先生之間的人物聯
繫，顯現錢先生心目中的學人儀型。

先要提前交代的是，王慶菽先生遍覽和搜集英國、法國所藏
敦煌卷子，發生在《圍城》小說成書之後，大抵是在 1949-1950
年間，因此不在本文語境之中。她編有《敦煌變文集》，著有《敦
煌文學論文集》（吉林大學出版社 1987 年 8 月版）。白化文先生
有〈《敦煌變文集》及其前後〉一文，見其《承澤副墨》，東南大
學出版社 2002 年 5 月版，第 183-190 頁。《承澤副墨》中有「敦
煌與佛教」一輯，凡十餘篇，均可參閱以明有關語境。

二

且說同屬西歐，但英、法、德三國的學位傳統卻並不相同。

（一）朱光潛、王辛笛對英國學制的回憶

英國的學制，據 1925 年夏，考取安徽官費資格前往愛丁堡大
學留學，畢業後轉入倫敦大學大學學院，同時註冊於巴黎大學（後

來又轉至位於萊茵河畔的德國斯特拉斯堡大學修學德語）的朱光潛先生說，「私課制固然是英國大學的一個優點，不採行這種制度而名副其實的只有牛津、劍橋一兩處；就是這一兩處也只有少數貴族學生能私聘教員，在課外特別指導。其餘一般大學授課多只為一種有限制的公開演講……好在英國幾個第一流的大學所請的教授大半很有實學，平時擔任鐘點很少，他們的講義確是自己研究的結果，不像一般大學教授的講義，只是一件東抄西襲的百衲衫」。但其間也有一些區別：

> 每科嘗有所謂榮譽班，只有在普通班卒業而成績最優的才得進去，所以學生人數少，和教員接洽的機會較多，榮譽班正式上課時也不似尋常班之聽而弗問，往往取談話的方式。榮譽班卒業並不背起什麼「博士」頭銜。所謂「博士」，其必要的條件只是在得過尋常班學位以後再住校兩年，擇一問題自己研究，然後做一篇勉強過得去的論文，繳若干考試費，就行了。固然也有些人真是「博」才得到這種頭銜，可是不「博」而求這種頭銜，似乎也並不要費什麼九牛二虎之力。（〈旅英雜談〉，見《朱光潛自傳》，江蘇文藝出版社 1998年9月版，第46-47頁）

　　王辛笛說，朱光潛當年這一番耐心而細緻的情況介紹，「正合吾意」，因為「自費留學，不能不考慮經濟因素，但同時也要有好的讀書環境。因此正是在朱光潛先生的薦引下，我去了愛丁堡大學。」他前往英國自費留學的時間是在1936年夏天：

> 從名氣來說，劍橋、牛津是英國最有名的大學，但比較貴族化，學費昂貴；倫敦大學所在地——倫敦是個大都市，商業

> 中心，就像上海，生活開銷大，人事繁複，交通便利，人來
> 客往，接待應酬多，耽誤讀書做學問；相比較而言，愛丁堡
> 大學更合適，這是一所古老的高等學府，也是有影響的學術
> 中心，尤其英國文學系更享譽中外……地點僻靜，可以安心
> 讀書；蘇格蘭人生活儉樸，在那裏讀書可以省點錢。(〈追憶
> 留學愛丁堡〉，見《夢餘隨筆》，鳳凰出版社 2003 年 10 月版，
> 第 82-83 頁)

孔慶茂在《錢鍾書傳》(江蘇文藝出版社 1992 年 4 月版)中說：「英國的大學與美國不同，它的學制比較保守，並非大學畢業即可得到學位，尤其是牛津、劍橋這些門檻很高的世界老牌大學。在三十年代，這些學校一般是不承認外國學校的學位的，當時這種學位極少頒發給以中文為母語的學生，所以留英學生能在牛津得到文學士學位是很不容易的。」

錢鍾書不僅在牛津大學得到了文學士學位，而且更重要的是，他以一目十行的方式大量瀏覽了館藏圖書，其中有他貪讀的各種小說，更有西方哲學、文學家們的著作。這種閱讀經歷，也為他後來一度熱衷於創作各種短篇小說，寫出《圍城》這樣的長篇小說奠定了基礎。

（二）看劉半農如何通過「法國國家文學博士」學位答辯

法國的學位制度，通過 1920 年至 1925 年間的艱苦研讀，而終於獲得法國國家文學博士的，江蘇江陰人，1891-1934 年)曾經親嚐其味。劉半農之女劉小蕙目擊了她父親在 1925 年 3 月 17 日參加巴黎大學博士答辯考試的前後過程。她回憶說：

父親在考博士過程中的緊張情景，是令人難以想像的。儘管父親對待考試十分認真謹慎，準備工作也是一絲不苟，但仍不免臨時發生意外。記得在答辯的前夜，父親想最後再一次檢查自己創造的錄音器，並要我和他一起做錄音實驗。沒想到他忽然發現自己的錄音實驗設備失靈了，急忙連夜趕修，幾乎苦盍到天明才修好。在母親的一再催促下，父親才抓緊時間勉強睡了一兩個小時，就匆匆趕去參加答辯了……考場是在一間寬敞的梯形教室裏，裏面可以容納一二百人……講臺旁置有長桌，和很多並列著的坐椅。這時離考試時間還早，可是教室裏已滿滿地坐了許多人後來聽父親說，那些都是巴黎的語音學專家。

在當天上午的旁聽席上，還有許多中國留學生，以及趙元任夫婦和蔡元培夫婦。當「教室裏的聽眾坐定不久，就聽到鈴聲響了，講壇後面有兩扇門，一位青年教師從其中的一扇門後走了出來」，將劉半農接上臺去。她記述當時的情形道：

> 這時從講壇後面的兩邊小門，陸續走出兩排滿臉鬍鬚的老教授，他們都穿著式樣奇特的深黑色長袍，肩上披著繡著各種花紋的綬帶。後來我才知道這些肩帶和上面繡的花紋，是象徵著老教授們的學銜級別的。那位青年教師領著父親走上前，和老教授們見面，他們也都笑著一一和父親握了手，而後各人按指定的位置坐下，考試就開始了。我雖然不大瞭解考試的內容，但是看到老教授們輪流對父親發問，態度很嚴肅認真，而父親則從容應對，非常鎮靜……這樣的緊張氣氛一直持續到中午時分，午餐的鐘聲響了。

父親隨著老教授們一起進入壇後的小門去用午餐。當他走到門口時，轉身向我們大家微笑致意。

午餐時間不長，隨著講壇後面小門的開啟，答辯考試繼續進行，直至授予學位儀式的全部完成。她寫道：「上午的考試全部是口試，沒有什麼動作，下午父親則要將動手用自製的錄音器，當場演示給教授們看」：

> 當時的情景相當緊張，教授們則圍繞著這錄音器，聽父親一一介紹……緊張的時刻終於過去了，接著鈴聲響了起來，老教授們一個一個地走進了講壇後面的小門。這次父親卻獨自留在外面，由那位青年教師陪著。大約十多分鐘以後，老教授們又一次地走了出來，他們個個面帶笑容，並且走過來和父親握手道賀，父親則恭恭敬敬地和他們握手還禮。
>
> 待大家坐定以後沒，領頭的那位老教授莊重地站起來，先和父親握手擁抱，然後便高聲地對全體來賓說：「劉先生做了一番驚人的科學工作，經過認真的討論以後，我們一致認為應該授予他國家博士的學位！」
>
> ……只見那位青年教師，又從講壇後面的小門裏走了出來，他手裏捧著一件和教授們穿著一樣的、折疊得十分平整的長袍，還有綬帶和一隻繡有稱號的圓形貝雷帽，交給那位為首的年長的教授，這位教授再親自給父親穿戴上。從那時起，父親就正式成為法國大學的國家博士。這時，在一旁等待已久的攝影師和新聞記者，紛紛擁上來爭著給父親拍照，接著又進行採訪談話。（《父親劉半農》，上海人民出版社 2000年9月版，第51-53頁）

　　當日至六時整個活動完畢可返回時，據說他劉半農已精疲力竭，幾乎需要人架著才能到家。但劉半農所得之法國國家文學博士學位，據說是「中國人榮獲的第一個以外國國家名義授予的最高學衛」（徐瑞岳《劉半農評傳》，上海文藝出版社 1990 年 10 月版，第 171 頁），而其博士論文《漢語字聲實驗錄》還獲得了 1925 年康士坦丁‧伏爾內語言學專獎，被列入巴黎大學語音學院叢書出版。

　　據魏建功先生說，劉半農是經過了在法國兩年的艱苦研學之後，「經巴黎大學之特種試驗，許應法國國家文學博士試」的。至 1924 年冬，他已經通過了巴黎人學各項預試科目，終於得到了參加國家博士試的資格。

　　次年 3 月 17 日下午一時，他以《漢語字聲實驗錄》、《國語運動史》兩篇論文，以及自行設計、製造的兩種測音儀器，參加博士論文答辯。主試人為法蘭西大學的梅耶、伯希和、馬士貝洛教授和巴黎大學的貝爾諾、弗里歐教授和格拉內講師。可見當年要獲得這個法國國家文學博士的學位殊非容易。

　　但熟諳歐洲學務的顧執中先生卻在其回憶錄中說：

> 法國的文學博士的獲取，很為容易，只要繳費註冊，在法國鬼混了二年，本人雖然不會講法語，只要有錢，就可以請人家代寫畢業論文，亂談一下什麼《紅樓夢》呀《金瓶梅》呀，來嚇一下法國教授。然後再花些錢置備幾份厚禮，送給若干教授，等到舉行博士考試，自可順利通過。他只要在家高枕而臥，博士文憑自會有人送上門來……在時間方面，文科只要一年半到二年的時間，便可獲得博士頭衛，而理科苦讀了五六年，還不過是一個學士或碩士。（《報人

生涯：一個新聞工作者的自述》，江蘇古籍出版社 1987 年版，第 476-477 頁）

1933 年 10 月中旬同馮友蘭同行遊學至巴黎的浦江清，與此前一年先至的陸侃如、馮沅君夫婦多所往還。他在日記中也曾記述道：「法國學校經費亦窘，不穩固，如巴黎大學數學系買書費尚不及清華。巴黎大學極寬，人才皆出高等師範，巴大但給學位而已。」（《清華園日記・西行日記》，增補本，三聯書店 1987 年 6 月版，第 123 頁）

然而，在中國現代學術史上，留學法國獲得博士學位且後來成為知名學者之楷模固多，尤以陸侃如（1903-1978 年）、馮沅君（1900-1974 年）夫婦於 1932 年夏雙雙留學法國，入巴黎大學文學院博士研究生班修學，苦讀三年通過論文答辯，同時獲得文學博士學位後回國任教為佳話。

又有中法大學法國文學系 1928 屆畢業的郭麟閣（1904-1984 年），被母校資助保送法國里昂大學文科深造。至 1935 年，其間僅以微薄的官費維持最低限度的清貧生活，並在 1932 年率先大膽嘗試用法語翻譯《紅樓夢》前五十回，在法國文壇以至歐洲引起轟動，曹雪芹因此贏得了「中國的巴爾扎克」之譽。此後，他以博士論文《〈紅樓夢〉研究》參加學位論文答辯，於 1935 年 6 月通過，獲得文學博士學位。當年 9 月回母校任教，後擔任北京大學西方語言文學系教授，為知名的文學翻譯家。其博士論文後在里昂包斯克兄弟出版社出版，乃是歐洲漢學界第一部評論《紅樓夢》的專著。

由此可見，文學博士學位在法國之是否易得，只是一個程式問題，關鍵還是在於當事人是否真的通過留學研學的學識訓練，開闊了學術的視野，具備了服務社會的真才和實學。

（三）馮至、季羨林對德國學制的回憶

關於德國學制，據 1930 年 9 月 12 日從北京動身，途徑莫斯科前往德國最古老的海德貝格大學留學的馮至先生在〈海德貝格記事〉中回憶，當年有一個德國朋友告訴他：

> 若去德國學習，不要到大城市。大城市太熱鬧，人也忙，誰也顧不了誰，同學之間，師生之間，不容易接近。在較小的城市，尤其是在所謂「大學城」裏，除了大學外，沒有其他重要的機構，整個城市都圍著大學轉，人們容易很快就熟悉起來，這對於提高語言能力，增進知識，瞭解社會生活都有好處。

馮至於 1931 年 8 月轉入柏林大學的原因，據其自述，主要是因為他所崇敬的「藹然可親，主持正義」，被他認作「指路者」的宮爾多夫教授於當年 7 月 12 日的突然去世，而「一方面要認識這座大城市，弄清它到底是美是醜，另一方面是要消除熱情，做些實際的、做些學術性的工作，這對文學史來說是很重要的。」

但數月後，他在致德國好友鮑爾的信中就抱怨：「柏林大學的課我覺得很無聊，只是為了學語言我才去聽」，次年春又說，「柏林的生活有時使我感到疲倦……我已經不指望從教授那裏得到什麼了。不過藏書豐富的圖書館以及日爾曼語研究班級卻很來勁」，同時「我在柏林搜集了許多精美的好書，我常常為我小圖書館的藏書增加而高興」，「柏林大學要求很多，但是給予很少……」。1933 年底，他回返了海德貝格大學，開始選題做博士學位論文。

馮至於 1935 年 6 月經過兩次口試答辯通過了自己的博士論文。1992 年 3 月 10 日，他在致武漢大學中文系陸耀東教授的信中表示：

我留學時，看到過有些留學生用中國的題目寫論文。外國的教授大都不懂得中國情況，所以論文很容易通過。我對此頗有反感，所以專門找地地道道的德國題目，以不負我學了幾年德國文學。

據陸耀東在《馮至傳》中介紹，他的博士論文主要是談詩人作品中的類比、神秘主義的思維形式和表現形式。在當日致鮑爾的信中，馮至自我評估道：「論文的題目有一定難度，加上我又是外國人，因此只有付出最大的努力，暫且不去考慮論文寫出來會是什麼樣子。我把這項工作只看做是我對派我來留學的政府所盡的義務。」定稿後的論文經其導師布克教授審閱後，在答辯時順利通過。馮至的德國留學是辛勤的。陸耀東在傳記中指出：

> 如果以馮至考入北京大學預科的 1921 年算起，已有十四年；以 1923 年升入北大德文系計，則共十二年。從形式上講，取得博士學位，可謂修得了「正果」。從實質來說，他「十年辛苦不尋常」，親聆了大師級學者的講授，通讀了歌德、里爾克、諾瓦利斯等作家的全集，廣泛涉獵了德語文學有關的書籍，至少可以稱得上是一名名副其實的德語文學學者了。(《馮至傳》，北京十月文藝出版社 2003 年 9 月版，第 103-114 頁)

1935 年 7 月 20 日，馮至與從認識到訂婚經過了六年的姚可崑在巴黎的中國餐館山東飯店舉行了一個小婚宴，然後前往米蘭，並從威尼斯登上前往上海的郵船，途徑孟買、可倫坡、新加坡和香港回國。

有關德國學制，季羨林先生在其回憶錄中也有一個頗為詳盡的介紹。他說，「德國大學是絕對自由的。只要中學畢業，就可

以願意入哪個大學，就入哪個，不懂什麼叫入學考試。入學以後，願意入哪個系，就入哪個；願意改系，隨時可改；願意選多少課，選什麼課，悉聽尊便；學文科的可以選醫學、神學的課；也可以只選一門課，或者選十門、八門。上課時，願意上就上，不願意上就走；遲到早退，完全自由。從來沒有課堂考試」。他還說：

> 有的學生，初入大學時，一學年。或者甚至一學期換一個大學。經過幾經轉學，二、三年以後，選中了自己滿意的大學，滿意的系科，這時才安定住下，同教授接觸，請求參加他的研討班。經過一兩個研討班，師生互相瞭解了，教授認為孺子可教，才給博士論文題目。再經過幾年努力寫作，教授滿意了，就舉行論文口試答辯，及格後，就能拿到博士學位。在德國，是教授說了算，什麼院長、校長、部長都無權干預教授的決定。如果一個學生不想作論文，決沒有人強迫他。只要自己有錢，他可以十年八年地念下去。這就叫做「永恆的學生」，是一種全世界所無的稀有動物。(《季羨林留德回憶錄》，香港中華書局 1993 年 4 月版，第 52-53 頁)

看來方鴻漸由倫敦而巴黎，由巴黎而柏林，走的正是一條避難就易的所謂留學之路。

他從極難獲得學位的英國，轉入學位唾手可得的法國，最後轉到只需憑自己興趣「隨便聽幾門功課」，連論文都沒有教師來逼著做的德國的大學，四年留學優哉遊哉，終於無所用心地到了「銀行裏只剩四百多鎊」的資助倒計時階段，這才猛然悟及「留學文憑的重要」。

三

錢鍾書的《圍城》寫到這裏，來了一段不乏精彩的敘事：

> 方老先生也寫信問他是否已得博士學位，何日東歸。他回信
> 大發議論，痛罵博士頭銜的毫無實際。方老先生大不謂
> 然⋯⋯過幾天，方鴻漸又收到丈人的信，說什麼：「賢婿才
> 高學富，名滿五洲，本不須以博士為誇耀。然令尊大人乃前
> 清孝廉公，賢婿似宜舉洋進士，庶幾克紹其裘，後來居上，
> 愚亦與有榮焉。」
> 方鴻漸受到兩面夾攻，才知道留學文憑的重要。這一張文
> 憑，彷彿有亞當、夏娃下身那片樹葉的功用，可以遮蓋包醜；
> 小小一方紙能把一個人的空疏、寡陋、愚笨都掩蓋起來。自
> 己沒有文憑，好像精神上赤條條的，沒有包裹。可是現在要
> 弄個學位，無論自己去讀或雇槍手代做論文，時間、經濟都
> 不夠。就近漢堡大學的博士學位，算最容易混得了，但也需
> 要六個月。乾脆騙家裏人說是博士罷，只怕哄父親和丈人不
> 過；父親是科舉中人，要看「報條」，丈人是商人，要看契
> 據。他想不出辦法，準備回家老著臉說沒得到學位。
> 一天，他到柏林圖書館中國書編目室去看一位德國朋友，瞧
> 見地板上一大堆民國初年上海出的期刊⋯⋯信手翻著一張
> 中英文對照的廣告，是美國紐約什麼「克萊登法商專門學校
> 函授部」登的，說本校鑒於中國學生有志留學而無機會，特
> 設函授班，將來畢業，給予相當於學士、碩士或博士之證書，
> 章程函索即寄⋯⋯

　　這一大段文字說的正是方鴻漸在家長們的壓力下，被迫無奈，起意購取買假博士學位文憑的因由。因為要是由著他個人的性子，是決不為此的，他原本就準備「回家老著臉說沒得到學位」的。假如國內尚有錢源源不斷地供給，那誰都相信他必將是「全世界所無的稀有動物」──德國大學校園裏「永恆的學生」之一。

　　但方鴻漸不是壞人，因此當他連蒙帶騙地以四十美金在柏林將美國博士學位證書「操作」到手以後，心裏其實並不十分妥帖。小說中寫道：

> 想愛爾蘭人無疑在搗鬼，自己買張假文憑回去哄人，豈非也成了騙子？可是──記著，方鴻漸進過哲學系的──撒謊欺騙有時並非不道德……父親和丈人希望自己是個博士，做兒子、女婿的人好意思教他們失望麼？買張文憑去哄他們，好比前清時代花錢捐個官，或英國殖民地商人向帝國府庫報效幾萬鎊換個爵士頭銜，光耀門楣，也是孝子賢婿應有的承歡養志。反正自己將來找事時，履歷上決不開這個學位。索性把價錢殺得極低，假如愛爾蘭人不肯，這事就算吹了，自己也免做騙子。

　　上述引文見《圍城》第三單元。

　　作為這一事件的餘波，是 1938 年的陰曆二月底，方鴻漸在上海前往蘇家拜訪蘇文紈時，受到她「是不是得了博士回來結婚的？真是金榜題名，洞房花燭，要算得到雙喜臨門了」嘲弄時的描寫──

　　「方鴻漸羞愧得無地自容，記起《滬報》那節新聞，忙說，這一定從《滬報》看來的。便痛罵《滬報》一頓，把乾丈人和假博士的來由用春秋筆法敘述一下，買假文憑是自己的滑稽玩世，認乾親是自己的和同隨俗。還說：『我看見那消息，第一個就想到

你，想到你要笑我，瞧不起我。我為這事還跟我那掛名岳父鬧得很不歡呢。』」

經蘇小姐逢場作戲般地開導一番以後，方鴻漸旋又恢復了自信：「給你這麼一講，我就沒有虧心內愧的感覺了。我該早來告訴你的，你說話真通達。你說我在小節上看不開，這話尤其深刻……」

大節有虧，「小節上看不開」，腹少學識、胸無大志的方鴻漸之不堪，至此也就被寫得淋漓盡致了。

到小說寫到結局處，作者說方鴻漸睡著了，是「沒有夢，沒有感覺，人生最原始的睡，同時也是死的樣品」，無異是判處了「醉生」的他以「夢死」之刑──在應該三十而立、奮發作為的青蔥華年，方鴻漸已如行屍走肉般地沒有了希望。由此這方鴻漸終於成為中國現代文學史上又一個人生慘敗的文學典型。

「方鴻漸」之名出典於《易經》漸卦（第五十三），大抵「鴻漸於陸，其羽可用為儀，吉。」原是吉辭，「夫無累於物，則其進退之際，雍容而可觀矣。」因此，被後人尊為「茶聖」的唐人陸羽（733-804 年）就字「鴻漸」，而清代名臣陶澍（1778-1839 年）之父陶必銓在聽說兒子科考高中進士後，更吟一絕勉之：「十載螢窗酬翰墨，一時鴻漸向朝廷。須看千古登科記，幾個勳名換汗青。」

但細味「夫無累於物，則其進退之際，雍容而可觀矣」一語，卻也是有條件的假設之句。想當初作者為「方鴻漸」命名時，或即存有反諷其進退失據、狼狽無觀的深意在，也未可知。

「隨便聽幾門功課，興趣頗廣，心得全無，生活尤其懶散」，沒有真實文憑其實還只是方鴻漸其人行為處事的表象，實質上是因他學業上的朝秦暮楚、丟三落四，而人無實學、身乏長技。而這正是時年二十七八歲的方鴻漸，在回國的兩年中處處碰壁的前因。

「書到用時方恨少，知到識處莫嫌多」，「世事洞明皆學問，人情練達即文章」。演講和教課是如此，處世與辦事也是如此。知識、學識和見識，始終是人生道路上不可或缺的利器。

想來令方鴻漸備感鬱悶的，當是在當日即將結束前往三閭大學的艱難旅程時，已由莫須有的「同情兄」而發展成為旅途難友也是好友的趙辛楣所發表的一通議論：「像咱們這種旅行，最試驗得出一個人的品性。旅行是最勞頓、最麻煩，叫人本相畢現的時候……」，而有關他的觀感則是：「你不討厭，可是全無用處。」而此艱難的旅行，又恰好證明了方鴻漸所服膺趙辛楣的那一點：「我佩服你的精神，我不如你。你對結婚和做事，一切比我有信念。」

何謂「信念」？「信念」是自認為可以確信的某種看法，是一種建立在自我認識基礎上的對社會人事的判斷。人生最基本的信念，應該是「天生我材必有用，前路誰人不識君」，《莊子》云：「哀莫大於心死，而人死亦次之。」失卻了人生信念也就等於失去了人生動力的方鴻漸，乃成為中國現代文學史上一個「少壯不努力，老大徒傷悲」的文學典型。儘管他「生平最恨小城市的摩登姑娘，落伍的時髦，鄉氣的都市化」（《圍城》第 34 頁），但是這個始終未能借助求學求知過程，改良了性格、提升了品位、擴張了志業的無錫籍學生，只能成為一個「撒了謊還要講良心」的「大傻瓜」（《圍城》第 209 頁），一個永遠洋溢著「鄉土氣」的「孤獨的泥娃娃」（張明亮〈孤獨的泥娃娃——探索《圍城》對「中西文化」的思考〉，見《錢鍾書研究》第 3 輯，文化藝術出版社 1992 年 5 月版，第 48 頁）

胸欠壯志、人無實學、身乏長技，知識、學識、見識三者皆闕的方鴻漸，足為所有不惜時、不惜緣、不惜福的在學青少年之

戒。他在職業上和家庭裏的「雙下崗」，以及由此帶來的無限失意，雖然令人無限同情，可也實在是其咎由自取的結果，令人「哀其不幸兮而怒其不爭」。

——一個「全無用處」的人，雖然交際上不被人「討厭」，但在價值天平上，他必然難以得到社會的愛惜和時代的推重。而對現實人生缺乏把握度，對人情世故沒有洞察力，對個人前程更毫無規劃性，由著本能的性子生活，隨著興趣發展，無所用心，得過且過，乃是方鴻漸「不作為，望天收」之鄉土性格的集中體現，正是它決定了鴻漸在正式走向社會以後的一系列人生慘敗（而不是「挫敗」，挫敗者尚有反敗為勝之機，而小方似乎連這「時機」都沒有了，因為人生轉機所需的大好時光，已經被其玩忽喪失，一去不復返了）。

總之，方鴻漸走向社會以後的失落和慘敗，乃是其在人生大好的求學光陰裏，自以為是耍小聰明、得過且過混日子的必然後果。無論是在大學本科還是在歐洲留學階段，他在學識上始終無所追求，在見識上更是無所長進，因此，當他回國以後，需要自己獨立面對社會上的人和事時，就顯得一切都是那麼的被動，拖遝，窩囊，一切都是那麼的身不由己，那麼的力不從心，那麼的事與願違。而這，也許正是勤奮好學的錢先生，當年所想要通過作品告訴人們的某種深刻教訓。

因此，「方鴻漸」不是一個懷才不遇的才子，更不是一個通今博古的智士。作為一個眼高手低、不學無術的「遊洋生」，他是中西文化交流背景上誕生的一個怪胎，一個令人沉思發人深省的文學新像。

在當今這個所謂「全球化」的資訊時代，在中外文化交融的廣袤知識天地之中，一個青年學子應該如何以方鴻漸為前車之

鑑，保持一種求學進取的身姿，跋書林，涉學海，在個體人生應當無限敬畏的人類學術殿堂裏登攀？⋯⋯由《圍城》中寫出的「方鴻漸悲劇」，對於莘莘學子依然有著無限啟迪。而這，也許正是作為才子和智者的錢鍾書先生，在潛意識中所欲廣而告知的某種人生智略。

　　如今，當我們重讀《圍城》時，不免為這部小說超越了文學天地而擁有的社會學內涵而嘆服。在日前南京舉辦的由專家提名、讀者票選產生的「改革開放三十年來影響南京人的十種文學藝術類大眾讀物」活動中，該書超越了《傅雷家書》和路遙《平凡的世界》而居於榜首地位，也從一個側面證明了這部中國現代文學經典所固有的社會學價值（參《今日閱讀》雜誌「試刊號」，蘇州圖書館 2008 年 10 月編印）。

錢鍾書研究四題

廈門大學中文系

謝泳

一、宋詩選注序修改之謎

在中國現代知識份子中，錢鍾書極有個性，也很真誠，他對自己行為的判斷前後統一。1949 年後，錢鍾書沒有再出版一本新書，唯一的一本是《宋詩選注》，改革開放後重印舊作和出版新書是另一回事，這個選擇看似簡單，卻包含深意。錢鍾書成名較早，那時該完成的事都完成了，他比較從容，在那一輩學者中，凡當時已出名的學者遠不如還沒有出名的學者來得積極，他可能預感這個時代已不屬於自己，他不是主動反抗型的人，但內心清醒。

就是這本《宋詩選注》，錢鍾書也多次說過，是鄭振鐸要他做的，並不是自己的主動選擇。他在香港版《宋詩選注》的前言中曾說：「在當時學術界的大氣壓力下，我企圖識時務，守規矩，而又忍不住自作聰明，稍微別出心裁。結果就像在兩個橙子的間隙裏坐了個落空，或宋代常語所謂『半間不架』。我個人常識上的缺陷和偏狹也產生了許多過錯，都不能歸咎於那時候意識形態的嚴峻戒律，我就不利用這個慣例的方便藉口了。」這個說法表達了錢鍾書真實的內心感受。

　　研究錢鍾書的人早注意到《宋詩選注》序中的一處修改。連燕堂在《讀宋詩選注》（《讀書》1980 年 8 期）一文中曾指出過，1978 年再版《宋詩選注》時，錢鍾書對原書有一些修改，特別是在序言中加寫了這一段：

　　毛澤東同志〈給陳毅同志談詩的一封信〉以近代文藝理論的術語，明確地作了判斷：「又詩要用形象思維，不能如散文那樣直說，所以比興兩法是不能不用的。……宋人多數不懂詩是要用形象思維的，一反唐人規律，所以味同嚼臘。」

　　《宋詩選注》序言寫於 1957 年 6 月，曾在 1957 年第 3 期《文學研究》上刊出過。毛澤東給陳毅的信寫於 1965 年 7 月，首次公開發表在 1977 年底的《人民日報》上。這樣就出現了 1957 年文章中使用了 1977 年才出現的史料，但錢鍾書在重印《宋詩選注》的時候並沒有在注解中說明這個問題，留下了一個「宋詩選注序修改之謎」。

　　《宋詩選注》第一次再版時，錢鍾書於 1978 年 4 月寫了一則〈重印附記〉：「乘這次重印的機會，我作了幾處文字上的小修改，增訂了一些注解。」1988 年第六次重印，1992 年第七次重印，錢鍾書都寫了〈重印附記〉，對此沒有說明。1985 年應出版者要求，重審《宋詩選注》序，錢鍾書決定保留毛澤東的引語（見李洪岩《智者的心路歷程》第 429 頁）。

　　錢鍾書一生文字中，只在《宋詩選注》中引過毛澤東的話，第一次是〈在延安文藝座談會上的講話〉，第二次就是〈給陳毅同志談詩的一封信〉，都可以理解成「為引而引」。以錢鍾書的智慧，本不應該出現這樣一個選擇，而當有人指出這種選擇的時間差異後，錢鍾書為何還要堅持到底？

　　錢鍾書在自己的文字中不輕易引時賢的話，這是一個自覺的選擇。他曾對傅璇宗說過修訂本《談藝錄》「道及時賢，惟此兩處」

的話，雖然事實上並不止兩處，但可以判斷錢鍾書對待時賢的態度。那麼如何理解「宋詩選注序修改之謎」呢？

第一，我們要注意錢鍾書看到毛澤東給陳毅信的時間，應該是在信公開發表以後，時在 1977 年 12 月 31 日。《宋詩選注》第一次〈重印附記〉完成於 1978 年 4 月，前後相距約三個月。「真理標準討論」發生於同年 5 月，中國共產黨十一屆三中全會同年 12 月召開。也就是說，錢鍾書在《宋詩選注》序中加進毛澤東的話並在引述這段話前加了一句略有稱讚意味的評價（以近代文藝理論的術語）的時候，當時中國還沒有開始思想解放運動，錢鍾書不顧時間差異引毛澤東的話，更多還是出於自我保護，恰好可以印證他後來坦然講出的：「在當時學術界的大氣壓力下，我企圖識時務，守規矩，而又忍不住自作聰明，稍微別出心裁」。這個細節恰好說明了當時中國知識份子的普遍心理狀態。

第二，錢鍾書是真誠的知識份子，既然「又忍不住自作聰明」，那麼後來也就不必再為自己護短，「我就不利用這個慣例的方便藉口了」是一句真誠表達內心感受的實話。敢於坦然承認自己在特殊歷史時期內心的恐懼，並承認自己為逃避這種恐懼所作的不合常識的選擇，其實更真實體現了自己的人格。

我猜想，這也是為什麼後來錢鍾書願意在自己的傳世之作中，保留一處有明顯不合常理「史料」的緣故吧。

（謝泳說明：本文刊出後，我在自己的部落格上看到讀者轉貼的彌松頤先生一篇文章，才知此問題已有確解。不過這並不影響本文的基本推論，而我的結論與彌先生文章提供的事實，在理解錢鍾書先生的深層心理上，大體在一個方向。）

二、錢鍾書與拉斯基

這十幾年來，學術界很注意考察拉斯基（H‧J‧Laski）與民國知識界的關係，相關研究論文也時有發表，不過完全的新材料還不多見。研究拉斯基與民國知識界的關係，主要是注意到當時拉斯基和哈耶克的思想都已形成，何以民國知識份子重拉斯基而輕哈耶克？解讀這個問題，可能會加深人們判斷某種理論思潮與時代的關係。一般說來，民國知識份子對拉斯基斯想比較推重，是發現了拉斯基斯想中的社會主義因素，而哈耶克對集權主義的警惕，特別是對計劃經濟的批判常常為人忽視。但對拉斯基斯想保持另外態度的學者，也不是沒有，錢鍾書算是一個。

《圍城》第七章結尾時，有一個細節。趙辛楣因為和汪太太的關係，要趕緊離開三閭大學，他走的時候把一些書留給了方鴻漸。錢鍾書寫到：「湊巧陸子瀟到鴻漸房裏看見一本《家庭大學叢書》（Home University Library）小冊子，是拉斯基（Laski）所作的時髦書《共產主義論》，這原是辛楣丟下來的。陸子瀟的外國文雖然跟重傷風人的鼻子一樣不通，封面上的 Communism 這幾個字是認識的，觸目驚心。他口頭通知李訓導長，李訓導長書面呈報高校長。校長說：『我本來要升他一級，誰知道他思想有問題，下學期只能解聘。這個人倒是可造之才，可惜，可惜！』所以鴻漸連『如夫人』都做不穩，只能『下堂』。他臨走把辛楣的書全送給圖書館，那本小冊子在內。」

凡《圍城》裏提到的書，沒有一本是錢鍾書編造的，都是錢鍾書平時熟悉的著作和雜誌，錢鍾書有深刻印象的東西才會在寫作時浮現出來，寫小說不同於做學問，都是信手拈來，不必時時查書。

　　《圍城》的這個細節雖是信筆寫出，但細讀卻有深意。錢鍾書平時極少專寫政論文字，他不習慣專門寫文章來表達對政治的態度和判斷，但不等於他對這方面的知識和現實沒有看法。趙辛楣在《圍城》中的身份是留美學生，專業是政治學，對當時的政治思潮自然應當熟悉，在他的知識範圍內，民國知識界的思潮應該有所體現。

　　錢鍾書在藍田國師教書的時候，儲安平也在那裏，他講授英國史和世界政治概論，後來還根據當時的講義出版了一本《英國與印度》。儲安平在英國學習時，最喜歡拉斯基的學說，到了他辦《客觀》和《觀察》時，在英美政治學思潮中，他也最欣賞拉斯基，他前後辦過兩本週刊，其中對西方政治學者介紹最多的是拉斯基，拉斯基在中國的學生，如吳恩裕、王贛愚等基本都成為儲安平的撰稿人。

　　為解讀《圍城》的這個細節，我在網上查了一下，「老潘」的博客裏看到這樣一條材料：「胡適對韋蓮司提及《家庭大學叢書》中的一本，聯想到我之前在翻譯以賽亞・伯林的《卡爾・馬克思：他的生平與環境》序言時遇到的 "Home University Library" 如何翻譯的問題，正對此解。胡適提到的 Euripides and his age, By Gilbert Murray（Home university library of modern knowledge），與 Karl Marx: His Life and Environment（Home University Library of Modern Knowledge）正是同一叢書所屬。」

　　周質平的《不思量自難忘》常在手邊，但沒有注意這個細節。現在我把這個材料和《圍城》裏提到拉斯基的情節聯繫了起來。錢鍾書《圍城》中也提到了《家庭大學叢書》，大概這是歐美老牌政治學一類的叢書，希望以後能多留意這方面的情況，不過以常識判斷，錢鍾書既然提到了拉斯基的書，說明他對這套叢書很熟悉，不會唯讀拉斯基這一本，比如伯林這本，應當也是知道的。

　　拉斯基的《共產主義論》，錢鍾書還在清華讀書的時候，黃肇年片斷的譯文就曾在《新月》雜誌發表，當時錢鍾書也是《新月》的作者，應當熟悉拉斯基的情況。拉斯基的《共產主義論》，最早由黃肇年譯出，上海新月書店 1930 年出版，黃肇年在南開大學翻譯此書時，曾得到蕭公權、蔣廷黻的幫助，後來商務再版此書時改名為《共產主義的批評》，收在何炳松、劉秉麟主編的《社會科學小叢書》中，是當時比較流行的一本書。1961 年商務又作為內部讀物重譯了本書，改名為《我所瞭解的共產主義》（齊力譯）。

　　瞭解拉斯基這本書在中國的傳播情況後，我們再來分析《圍城》的這個細節。從錢鍾書的敘述筆調判斷，他對本書可能有自己的看法，多少帶有否定的意味，他說這是一本「時髦書」，以此可以觀察當時知識界的風氣，陸子瀟拿本書告密，說明當時大學中對「共產主義」的防範。高松年知道此事後的感覺是：「誰知道他思想有問題，下學期只能解聘。」拉斯基的《共產主義論》是一本學術著作，並非宣傳品，但「Communism 這幾個字……觸目驚心」，錢鍾書在小說中描述這個細節，從側面反映他的知識結構和對流行思想的感覺，這對我們研究錢鍾書很有幫助。1935 年，錢鍾書曾寫過一篇讀《馬克思傳》的隨筆，他評價本書：「妙在不是一本拍馬的書，寫他不通世故，善於得罪朋友，孩子氣十足，絕不像我們理想中的大鬍子。又分析他思想包含英法德成份為多，絕無猶太臭味，極為新穎。」（《錢鍾書集・人生邊上的邊上》第 292 頁，三聯書店，2006 年）從各方面的細節判斷，錢鍾書對馬克思、共產主義這一類思潮和人物有相當認識，至少他對「拍馬的書」很不感興趣。錢鍾書對當時流行思潮保持警惕的習慣，可能影響了他一生的選擇和判斷，以此理解錢鍾書的獨立性格，應當是一個角度。

三、錢鍾書與周氏兄弟

　　許多研究中國現代文學史的人注意到一個現象，就是錢鍾書在他一生的文字中，極少提到魯迅，應當說，這個判斷大體是可以成立的。魯迅和錢鍾書不是一代人，但因為魯迅在中國現代文化史上的地位太重要，一切生活在這個時代的中國知識份子，很少有不和他發生關係的，就是沒有直接關係，也有間接關係，沒有間接關係，也極少有在文章中不曾提到過魯迅的，特別是在 1949 年以後，中國知識份子中，從不提魯迅的，錢鍾書可能是極少的例外。

　　錢鍾書不提魯迅，不是一個偶然的習慣問題，而是有意識的選擇，這種選擇中包含了錢鍾書對他所生活時代中的知識份子的總體評價，在錢鍾書眼中，中國現代知識份子的地位是不高的，錢鍾書看不起他們。傅璇宗在〈緬懷錢鍾書先生〉一文中回憶，1984 年他出版《李德裕年譜》後，因為書名是錢鍾書題寫，他給錢鍾書送去一本。錢鍾書對傅璇宗說：「拙著四二八頁借大著增重，又四一六頁稱呂誠之丈遺著，道及時賢，惟此兩處。」（王培元等編《文化昆侖——錢鍾書其人其文》第 81 頁，人民文學出版，1999 年）。這是錢鍾書說他在新版的《談藝錄》中提到了傅璇宗的《黃庭堅與江西詩派研究資料彙編》，本書中還引述了呂思勉的《讀史札記》。從錢鍾書對傅璇宗說話的口氣中，可以看出他對中國當代知識份子的基本態度：「道及時賢，惟此兩處。」這是一個自覺的選擇，選擇即是判斷。

　　既然錢鍾書不願意在他的所有文字中提及魯迅，或者周氏兄弟，研究者總要找出原因和事實。因為錢鍾書生活的時代，要完全避開周氏兄弟是一件非常困難的事，一是因為他們的專業相

近，二是早年也曾有過間接的文字關係。錢鍾書對中國文化的研究非常深入，特別是在中國古典文學的研究中有許多創獲，而這個領域恰好和周氏兄弟重合，所以在非要涉及周氏兄弟的時候，錢鍾書的辦法是暗指而不明說。李國濤在〈錢鍾書文涉魯迅〉一文中注意到，上世紀四十年代，錢鍾書在上海發表《小說識小》數題，其中談到《儒林外史》時，錢鍾書發現，吳敬梓沿用古人舊材料不少，創造力不是最上乘的。錢鍾書說：「中國舊小說巨構中，《儒林外史》蹈襲依傍處最多」。同時錢鍾書指出：「近人論吳敬梓者，頗多過情之譽」。這個「近人」是指誰呢？李國濤認為是指胡適和魯迅，胡、魯之著都是名著，影響甚大，錢鍾書都曾寓目，可能更多地是指魯迅。（李國濤〈錢鍾書文涉魯迅〉，《光明日報》，2001 年 6 月 15 日）

高恒文研究指出，錢鍾書〈小說瑣證〉開篇即引焦廷琥《讀書小記》卷下一則筆記，《西遊記》演比丘國事本《舊唐書·楊虞卿傳》，而有「此可補周氏《小說舊聞鈔》」之按語。「周氏」即周樹人，即魯迅。此文發表於 1930 年的《清華週刊》第 34 卷第 4 期，可見作者看到的《小說舊聞鈔》當為 1926 年版；查該書 1935 年版，雖然有所增加、改正，但錢鍾書以為「可補」的這條材料並沒有補入。（見華東師大「思與文」網站）

錢鍾書在晚年不得已提到魯迅的時候，主要傾向是否定的，一方面是避免直接提及魯迅，非要提及的時候，儘量少說或者不說，而且談鋒中頗有深意。解讀錢鍾書與周氏兄弟的關係，是理解錢鍾書的一個角度，也是理解錢鍾書心理的一個角度，注意這個思路，對於深入研究錢鍾書是有幫助的。

錢鍾書不願意提及魯迅，不等於他從來沒有提過魯迅，而是說他可能從青年時代就對周氏兄弟的學問和人格有自己的看法。

　　從目前已見到的史料判斷，錢鍾書最早提到周氏兄弟是在
1932 年 11 月 1 日出版的《新月》雜誌上（第 4 卷第 4 期）。在這
一期雜誌的書評專欄中，錢鍾書以「中書君」的筆名發表了一篇評
論周作人《中國新文學的源流》的文章，這一年錢鍾書只有 22 歲，
還是清華大學的學生。雖然錢鍾書在文章中對周作人的書先做了
一個抽象的肯定，認為「這是一本可貴的書」，但在具體評述中，
基本是對周作人看法的否定。在文章中錢鍾書有一段提到：「周先
生引魯迅『從革命文學到遵命文學』一句話，而謂一切『載道』
文學都是遵命的，此說大可斟酌。研究文學史的人都能知道在一
個『抒寫性靈』的文學運動裏面，往往所抒寫的『性靈』固定成
為單一模型；並且，進一步說所以要『革』人家『命』，就是因為
人家不肯『遵』自己的『命』。『革命尚未成功』，乃需繼續革命；
等到革命成功，便要人家遵命。」（《新月》雜誌第 4 卷第 4 期第
14 頁，上海書店影印本，1985 年）

　　從一般常識上判斷，錢鍾書讀書的時代不可能不讀魯迅的
書，這篇書評只透露了一個資訊，錢鍾書是讀魯迅的。需要注意
的是，就在錢鍾書發表這篇書評不久，他父親錢基博的《現代中
國文學史》在 1933 年 9 月由上海世界書局出版。本書是中國早期
文學史中較早對新文學和魯迅有明確評價的學術著作。本書中對
魯迅的評價，很有可能是錢氏父子討論的結果。

　　《現代中國文學史》中提到魯迅時說：「而周樹人者，世所稱
魯迅，周作人之兄也。論其文體，則以歐化國語為建設，……周樹
人以小說，徐志摩以詩，最為魁能冠倫以自名家。而樹人小說，工
為寫實，每於瑣細見精神，讀之者哭笑不得。……幽默大師林語堂
因時崛起，倡幽默文學以為天下號；其為文章，微言諷刺，以嬉笑
代怒罵，出刊物，號曰《論語》；而周樹人、徐志摩、郭沫若、郁

達夫之流，胥有作焉。……樹人《阿Ｑ正傳》，譯遍數國，有法、俄、英及世界語本。《吶喊》、《彷徨》，彌見苦鬥。張若谷訪郁達夫於創造社，歎其月入之薄，告知1)『魯迅年可坐得版稅萬金』以為盛事。語堂方張『小品』，魯迅則視為有『危機』，謂：『在風沙撲面，虎狼成群之時，誰還有閒功夫，玩琥珀扇墜，翡翠戒指，即要閉目，當有大建築，堅固而偉大，用不著雅。』」（錢基博《現代中國文學史》第 504、505、506 頁，岳麓書社，1986 年）

錢基博對周作人的評價是：「阿英有現代十六家小品之選。自作人迄語堂，附以小序，詳其流變；吾讀之而有感，喟然曰：此豈『今文觀止』之流乎？作人閉戶讀書，談草木蟲魚，有『田園詩人』之目。然流連廠甸，精選古版，未知與『短褐穿結，簞瓢屢空』之淵明何如？苦茶庵中又不知有否『田父野老』之往還也？」（同上第 505 頁）

請特別注意這一段對周作人的評價：「語堂又本周作人《新文學源流》，取袁中郎『性靈』之說，名曰『言志派』。嗚呼，斯文一脈，本無二致；無端妄談，誤盡蒼生！十數年來，始之非聖反古以為新，繼之歐化國語以為新，今則又學古以為新。人情喜新，亦復好古，十年非久，如是循環，知與不知，俱為此『時代洪流』疾捲以去，空餘戲狎懺悔之詞也。」（同上第 506 頁）

本段行文及意思與錢鍾書在《新月》雜誌上評價周作人的觀點完全相同，此點可說明錢氏父子的文學觀非常接近，是父影響子還是子影響父可以再作討論，但這個事實提醒研究者注意，錢鍾書文學觀念的形成和來源，很有可能與他父親有較大關係，如果確定了這一事實，對理解錢鍾書很有幫助。

魯迅很可能沒有讀到過錢基博的這本書，他只是在 1934 年出版雜文集《准風月談》的後記中剪貼了一篇《大晚報》上署名為

「戚施」所做的〈錢基博之論魯迅〉。本文對此書涉及魯迅的內容有這樣的介紹:「錢氏之言曰,有摹仿歐文而諡之曰歐化的國語文學者,始倡於浙江周樹人之譯西洋小說,以順文直譯為尚,斥意譯之不忠實,而摹歐文以國語,比鸚鵡之學舌,托於象胥,斯為作俑。……錢先生又曰,自胡適之創白話文學也,所持以號召天下者,曰平民文學也!非貴族文學也。一時景附以有大名者,周樹人以小說著。樹人頹廢,不適於奮鬥。樹人所著,只有過去回憶,而不知建設將來,只見小己憤慨,而不圖福利民眾,若而人者,彼其心目,何嘗有民眾耶!錢先生因此斷之曰,周樹人徐志摩為新文藝之右傾者。」(《魯迅全集》第 5 卷第 407、408 頁,人民文學出版社,1987 年)魯迅對此文發出這樣的感慨:「這篇大文,除用戚施先生的話,贊為『獨具隻眼』之外,是不能有第二句的。真『評』得連我自己也不想再說什麼話,『頹廢』了。然而我覺得它很有趣,所以特別的保存起來,也是以備『魯迅論』之一格。」

　　不過依然需要注意的是,錢鍾書在〈容安館札記〉第 84 則中,對於魯迅主張直譯的觀點,依然和他父親錢基博持同一立場。(參閱范旭侖〈容安館品藻錄・魯迅〉,2005 年第 3 期《萬象》)。這更說明錢鍾書的文學觀和錢基博何其一致,甚至我們不妨再大膽假設一下,錢基博《現代中國小說史》中對新文學及其作家的評價,很有可能就來於錢鍾書,因為錢鍾書早年曾為他父親代筆給錢穆的《國學概論》寫過序言,所以這種假設並不是沒有一點道理。

　　1979 年錢鍾書訪問日本,在京都的一次座談會上,有人問他如何評價他父親的《現代中國文學史》,錢鍾書謹慎地說:「他們父子關係的好,是感情方面的良好;父親對自己文學上的意見,是並不常常贊同的。不過,父親的許多優點之一是開明、寬容,

從不干涉自己的發展。至於《現代中國文學史》，有許多掌故，是一本很有趣味的書；而現代方式的文學批評成分似乎少了一點。」（范旭侖、牟曉明編《記錢鍾書先生》第 222 頁，大連出版社，1995 年）錢鍾書提到的「有許多掌故」是一個機智的回答，其中有可能包括了他們當時對中國新文學和周氏兄弟的評價。

　　錢鍾書對魯迅的看法，還有一個可能是他與楊絳的婚姻，錢楊相識恰好也在 1932 年前後，在著名的「女師大風潮」中，被魯迅譏諷為「上海洋場上惡虔婆」的女師大校長楊蔭榆，是楊絳的三姑。楊絳晚年寫了〈回憶我的姑母〉，在文章中也一字沒有提及魯迅，只說了一句：「1924 年，她做了北京女子師範大學的校長，從此打落下水，成了一條『落水狗』。」（楊絳《將飲茶》第 82 頁，三聯書店，1987 年）

　　這種行文的風格極似錢鍾書，無言的深意在熟悉的文壇話語中盡現，提到了「落水狗」，還有想不到魯迅的嗎？

　　錢鍾書在小說〈貓〉中明顯諷刺了周作人。一般認為，〈貓〉中的陸伯麟這個人物源自周作人，雖然小說人物是虛構的，但虛構人物有生活來源也是事實。這個陸伯麟，錢鍾書在小說描寫他「就是那個留一小撮日本鬍子的老頭……除掉向日葵以外，天下怕沒有像他那樣親日的人或東西。……中國文物不帶盆景、俳句、茶道的氣息的，都給他罵得一文不值。他主張作人作文都該有風趣。」（《人獸鬼‧寫在人生邊上》第 33-34 頁，海峽文藝出版社，1992 年）

　　錢鍾書在這裏敘述時用了一個「作人作文」，其實已暗示了這位小說人物的來歷。至於這位陸伯麟的言論，在錢鍾書筆下，就更讓人往周作人身上去想了。陸伯麟說：「這些話都不必談。反正中國爭不來氣，要依賴旁人。跟日本妥協，受英美保護，不過是半斤

八兩。我就不明白這裏面有什麼不同。要說是國恥，兩者都是國恥。日本人誠然來意不善，英美人何嘗存著好心。我倒寧可傾向日本，多少還是同種，文化上也不少相同之點。我知道我說這句話要挨人臭罵的。」錢鍾書還借書中一位人物陳俠君之口對陸伯麟作了這樣的評價：「這地道是『日本通』的話。平時的日本通，到戰事發生，好些該把名稱倒過來，變成『通日本』。」錢鍾書還說這位陸伯麟「是滬杭寧鐵路線上的土著，他的故鄉叫不響；只有旁人背後借他的籍貫來罵他，來解釋或原諒他的習性。」（同上第 49 頁）

錢鍾書寫〈貓〉是在 1946 年，當時紹興確實在杭甬鐵路線上。「某籍某系」是著名的「閒話事件」中陳源的說法，主要指當時北大國文系中的浙籍「太炎門生」（如馬幼漁、馬叔平兄弟，周樹人、周作人兄弟，沈尹默、沈兼士兄弟，錢玄同、劉半農等），這早已為人們所熟悉，由此判斷為錢鍾書對周作人的諷刺，完全有史實依據。

1956 年中國科學院文學所討論何其芳的〈論阿 Q〉，由於何其芳沒有過分用階級觀點來分析魯迅筆下的小說人物性格，曾受到了許多人的反對，但錢鍾書卻贊成何其芳的觀點。他指出，阿 Q 精神在古今中外的某些文學作品中都能找到。錢鍾書以《誇大的兵》《女店東》《儒林外史》等作品中的人物和宋、金史實來證明自己的論斷，楊絳也和錢鍾書持同樣的看法。（愛默《錢鍾書傳稿》第 233 頁，百花文藝出版社，1992 年）錢鍾書的這個認識，其實是不贊成把阿 Q 精神看成原創的人物性格，這也反映錢鍾書對魯迅的理解和評價。

夏志清在《中國現代小說史》中講述錢鍾書的小說〈靈感〉時提到：「主人公是個聲名太響而簡稱作家的笨蛋，在競爭亟欲染指的諾貝爾文學獎金失敗後突然生病。他臥病在床，心中氣憤難

遣；病榻前圍滿一群淚汪汪的崇拜者。（這使人記起垂危的魯迅所得到的景仰，但這位作家較似蔣光慈、曹禺和早期的巴金混合體）。」（夏志清著，劉紹銘等譯《中國現代小說史》第 376 頁，中文大學出版社，2005 年）

水晶在〈侍錢「拋書」雜記——兩晤錢鍾書先生〉中記述了1979 年錢鍾書訪問美國時，他向錢鍾書提出的一個問題：當時他們忽然發現，忘了問他關於魯迅的觀感，便連忙把這個問題提出來。錢鍾書回答：「魯迅的短篇小說寫得非常好，但是他只適宜寫Short-winded『短氣』的篇章，不適宜寫『長氣』Long-winded 的，像是阿 Q 便顯得太長了，應當加以修剪 Curtailed 才好。」（《文化崑崙——錢鍾書其人其文》第 244 頁），這個看法和李長之在《魯迅批判》中的看法完全相同，錢鍾書和李長之同出清華，可能早年都有類似的認識。

趙瑞蕻曾回憶說，1983 年 6 月，他在天津南開大學開會時，贈給錢鍾書自己的一本書《魯迅〈摩羅詩力說〉注釋、今譯、解說》，並請錢鍾書指正。趙瑞蕻說：「錢先生說他已大體上看了我送給他的書，說很不錯，對年輕人讀懂魯迅這篇東西很有幫助。他同意我關於魯迅與中國現代比較文學研究這一課題的論述。」（同上第 244 頁）

1986 年 10 月 9 日，北京召開「魯迅與中外文化國際學術討論會」，錢鍾書作為中國社會科學院副院長致開幕詞：「魯迅是個偉人，人物愈偉大，可供觀察的方面就愈多，『中外文化』是個大題目，題目愈大，可發生的問題的範圍就愈廣。中外一堂，各個角度、各種觀點的意見都可以暢言無忌，不必曲意求同。」據說錢鍾書的開幕辭「換來的只是一片沈默的抵制，因為他說偉大人物是不須讚美的。」（李洪岩《智者的心路歷程——錢鍾書的生平與學術》

第 520 頁，河北教育出版社，1995 年）由此也可以從一個側面判斷錢鍾書對魯迅的態度。

在中國現代文學史上，錢鍾書是一個特殊的作家，他的特殊性主要表現在他對同時代的中國知識份子似乎極少正面評價，他是文學評論家，但他幾乎從沒有正面評價過他同時代的任何一個作家，他在學生時代評價過同學曹葆華的詩歌，但也是否定為主。錢鍾書的這種個性和風格，在他同時代的知識份子是很少見的。我們通過他的文學作品或者學術文字中的線索，來判斷他的思路和風格，可以為研究錢鍾書打開另外的思考天地。

錢鍾書是一個善於用諷刺手法的作家，在他所有的文字中，這是最明顯的風格，但作為小說家，錢鍾書的想像力並不超群，他憑空虛構故事的能力，從他已有的小說創作來判斷，也有較大局限。他的小說一般都有故事來源，有些甚至能讓讀者產生與真實生活對應的感覺。所以錢鍾書凡出小說集，都要強調他的故事是虛構的，不要對號入座，這其實是錢鍾書對自己小說虛構力的不自信。

出版《人獸鬼》的時候，錢鍾書在前言中說：「節省人工的方法愈來愈進步，往往有人甘心承認是小說或劇本中角色的原身，藉以不費事地白登廣告。為防免這種冒名頂替，我特此照例聲明，書裏的人物情事都是憑空臆造的。不但人是安分守法的良民，獸是馴服的家畜，而且鬼也並非沒管束的野鬼；他們都只在本書範圍裏生活，決不越規溜出書外。假如誰要頂認自己是這本集子裏的人、獸或鬼，這等於說我幻想虛構的書中角色，竟會走出了書，別具血肉、心靈和生命，變成了他，在現實裏自由活動。從黃土摶人以來，怕沒有這樣創造的奇跡。我不敢夢想我的藝術會那麼成功，惟有事先否認，並且敬謝他抬舉我的好意。」

　　到了《圍城》出版的時候，他又在序言中強調「角色當然是虛構的，但是有考據癖的人也當然不肯錯過索隱的機會、放棄附會的權利的。」

　　楊絳在《關於小說》中表達過一個意思：「真人真事的價值，全憑作者怎樣取用。小說家沒有經驗，無從創造。」（楊絳《關於小說》第 9 頁，三聯書店，1986 年）

　　這也可以看成是錢鍾書小說創作的一個經驗，所以研究錢鍾書的小說，使用一些索隱的方法並不是完全沒有道理，很有可能這是理解錢鍾書小說的一個基本視角。

四、方鴻漸給唐曉芙的信　　與《大話西遊》中的經典臺詞

　　每次讀《圍城》，看到方鴻漸寫給唐曉芙的信，就要想起《大話西遊》中的經典臺詞：「曾經有一段真摯的愛情來到我面前，但我沒有去珍惜，直到它失去的時候，我才追悔莫及。如果上天可以給我再來一次的機會的話，我會對那個女孩子說三個字：我愛你！如果這段感情要給一個期限的話，我希望是……一萬年！」

　　錢鍾書平生學術願望中有一個追求，就是他希望尋找出人類在文藝作品中表現出的共同規律。他的學術研究中，凡提一個問題，無論大小，總有一個古今和中西的比較視野在其中，他總是努力通過自己的廣博閱讀，把古今東西相似的文藝現象和創作規則探索出來。他的〈一節歷史掌故、一個宗教寓言、一篇小說〉就是這方面的代表。他能發現三個不同時代、不同國家、不同作者和不同形式的作品，在故事基本結構同一性中表現出來的特

質。錢鍾書的這種學術追求，對我們有很大啟發。其實人類在文學藝術活動中，確有很多相同之處，特別是情感的表達方式，尤其是類似於愛情這樣人類固有的情感表達，雖然因社會文化和風俗的不同有差異，但這種情感的表述深處，總離不開共同的規律：向時間發誓。就是錢鍾書自己，也不能例外。

《圍城》中方鴻漸對唐曉芙的愛情達到極致時，他給唐曉芙寫了這樣一封信：

> 曉芙：前天所發信，想已寓目，我病全好了；你若補寫信來慰問，好比病後一帖補藥，還是歡迎的。我今天收到國立三閭大學電報，聘我當教授。校址好像太偏僻些，可是還不失為一個機會。我請你幫我決定去不去。你下半年計畫怎樣？你要到昆明去復學，我也可以在昆明謀個事，假如你進上海的學校，上海就變成我唯一依戀的地方。總而言之，我魘住你，纏著你，冤魂作祟似的附上你，不放你清靜。我久想跟我──啊呀！「你」錯寫了「我」，可是這筆誤很有道理，你想想為什麼──講句簡單的話，這話在我心裏已經複習了幾千遍。我深恨發明不來一個新鮮飄忽的說法，只有我可以說只有你可以聽，我說過，我聽過，這說法就飛了，過去，現在和未來沒有第二個男人好對第二個女人這樣說。抱歉得很，對絕世無雙的你，我只能用幾千年經人濫用的話來表示我的情感。你允許我說那句話麼？我真不敢冒昧，你不知道我怎樣怕你生氣。

我不知道《大話西遊》中的經典臺詞是否受到了錢鍾書《圍城》的影響，但我們比較二者行文的語氣和所使用語言的方式，可以發現二者間的共同規律。男人對女人愛情的表達方式離不開那三個字，而且表達的深意一定是向不可能的「時間」發誓。

　　我們對比方鴻漸給唐曉芙寫信的口吻和《大話西遊》經典臺詞的口吻，沒有任何區別。錢鍾書的幽默和諷刺到了《大話西遊》中，還是那樣具有魅力，不過方鴻漸發誓的時間是「幾千年」而到了《大話西遊》中則成了「一萬年」。至尊寶就是當年的方鴻漸，至少在表達愛情方面他們是同一個人。

喬治‧奧威爾在中國的傳播歷程

——兼說錢鍾書夫婦與喬治‧奧威爾

廈門大學中文系中國現代文學專業2006級碩士研究生

林建剛

一、前言

　　喬治‧奧威爾作為一個著名的反極權主義的作家,其作品的傳播在一定程度上反映了某個特定時期輿論環境的狀態,而對於奧威爾的讀者而言,恰如《紐約時報》所言:「多一個人閱讀喬治‧奧威爾,自由就多了一份保障。」在這一點上,喬治‧奧威爾有點像王小波,李銀河在談起王小波的時候曾說:「在中國,王小波是一個接頭暗號。」因此,有必要考察一下奧威爾其人及其作品在中國的傳播歷程,在其人其作品的傳播過程中,也反映了當時當地中國的思想環境。本文主要研究奧威爾在中國的傳播史,從時間上來看,截止時間從奧威爾在中國大陸的傳播開始到奧威爾在中國的傳播進入一種常態為止。一般來說,奧威爾在中國的傳播過程,從 1940 年代開始,到了 1990 年代,有關奧威爾的書籍已經開始廣為傳播,成為社會常態,所以 1990 年代也就不在本文研究的範圍之內。從空間上來看,本文主要側重於其作品在中國大陸的傳播過程,即使偶爾牽涉到港臺的作家與學者,也多是從

中國大陸的關注角度來加以審視，因此，港臺等地有關奧威爾的
傳播不在本文研究之列。由此，本文把奧威爾在中國大陸的傳播
歷程分為了五個階段：四十年代、五十年代、六十年代、七十年
代、八十年代。通過特定時代的幾個知識份子，以點代面來觀察
一下他及其作品在中國的傳播歷程。

二、四十年代蕭乾、錢鍾書與奧威爾

在 1940 年代，從現有的史料來看，首先與奧威爾有過接觸的
是著名作家蕭乾。在當時，隨著第二次世界大戰的爆發，中國同
英、美、蘇等國組成同盟國，而蕭乾，正好有機會去英國倫敦，
並由此擔任了《大公報》海外版的特派記者，而當時的喬治·奧
威爾恰恰待在英國，並擔任英國廣播公司 BBC 遠東部長，具體負
責印度等東亞國家的廣播任務。這樣，一個是中國的作家，一個
是英國的作家，同為文人，兩人就有了認識的可能。而當時作為
英國廣播公司 BBC 遠東部長的奧威爾恰恰需要來自中國的作家向
英國民眾介紹中國的具體情形，兩人由此結識。奧威爾曾邀請蕭
乾每週廣播一次，具體介紹中國當時的文藝及抗戰情形。而且，
英國的出版社還曾邀請蕭乾寫了英文著作，其中一本就是《蝕
刻》，後來蕭乾在回憶中說：

> 《蝕刻》的出版，為我帶來了不少朋友，其中特別應提一下
> 的是《畜牧場》及《一九八四年》的作者喬治·奧維爾。他
> 讀後給我寫了一封十分熱情的信。當時他正在工作，負責對
> 印度廣播，並在組織一批關於英國及蘇聯文學的廣播。那是

1941 年納粹開始侵蘇，英國由反蘇突然轉為一片蘇聯熱時。他約我也做了有關中國文學近況的廣播。他在信中說：「我要使他們知道現代中國文學是多麼生氣勃勃。」最近我讀到韋斯特所編的一本《奧威爾與戰時廣播》，書中記述了奧威爾與我這段往來，還收了奧威爾給我的幾封信，也摘錄了他的日記中有關部分。我從而知道，在我第一次做有關日軍在華暴行的廣播後，他嫌我宣傳色彩太重。可那題目是他出的。他對後來幾次專談「中國文藝」的廣播，都還滿意，並寫信告訴我：「印度聽眾反應良好。」[1]

在四十年代，如果說蕭乾是結識奧威爾比較早的中國作家的話，那麼錢鍾書則是比較早的在報紙上向中國讀者介紹奧威爾的作家。在 1947 年 12 月 6 日的《大公報》上就有錢鍾書的一篇書評，評價的就是奧威爾的一本叫做《英國人民》的書。讀者或許會有一個疑問：錢鍾書如何會知曉喬治・奧威爾呢？這有兩種可能：其一，在二戰期間，錢鍾書曾攜妻子楊絳留學英國，以錢鍾書的閱讀範圍與知識視野，在這一時期，很可能閱讀過奧威爾的很多作品；其二，四十年代的中國與外國保持著一種頻繁的交流狀態，許多國外的圖書會在第一時間傳到中國，而奧威爾的書，在當時的中國大陸，已經不難看到。根據最近出版的吳學昭的《聽楊絳談往事》披露：

> 鍾書和楊絳許多描寫蘇聯鐵幕後面情況的英文小說，或買或借，見一本讀一本。喬治・奧威爾的書幾乎每本都讀過。《一

---

[1] 蕭乾　傅光明：《風雨平生——蕭乾口述自傳》，第 125 頁，北京大學出版社，1999 年版。

九八四》內容很反動，《動物莊園》亦是。阿季記得該書末尾說：「All animals are equl,but some animals are more equal than others.（所有的動物都平等，但有些動物比別的更平等。）」[2]

具體到錢鍾書對奧威爾的看法，在這篇書評中，錢鍾書寫到：「作者渥惠爾的政論、文評和諷刺小說久負當代盛名。至於其文筆，有光芒，又有鋒芒，舉的例子都極巧妙，令人讀之唯恐易盡。」[3]不論是蕭乾還是錢鍾書，在提及奧威爾的時候，並沒有提及他的成名作《1984》，那是因為《1984》出版於1949年。但是，不論是蕭乾還是錢鍾書，兩人都提及了其寓言小說《畜牧場》，而《畜牧場》其實也是一部反極權主義的小說，小說通過豬的起義與革命，以及後來在豬領導下各種動物的命運，昭示了革命在其實現之後的異化過程，從而證明了革命並不能一勞永逸，恰恰相反，革命的最大問題恰恰在於革命本身，這不僅又讓人想起錢鍾書的一句名言：「革命在實踐上的成功往往意味著革命在理論上的失敗。」

三、五十年代：巫寧坤、陳夢家、楊絳與奧威爾

1949年，新中國成立，也是在這一年，奧威爾的《1984》出版，而後，大陸實行的是一邊倒支持蘇聯的政策，因此，像《1984》這種有映射蘇聯老大哥之嫌的小說，也就不能在大陸公

---

[2]　吳學昭：《聽楊絳談往事》，第229頁，生活·讀者·新知三聯書店，2008年版。

[3]　錢鍾書：《人生邊上的邊上》，第302頁，生活·讀者·新知三聯書店，2002年版。

開出版發行了。另一方面，在國際大背景下，美蘇兩大陣營開始形成，冷戰開始。在這種情形下，《1984》在西方國家的出版，收到了廣泛的讚譽與好評。到了五十年代，與國內國外大環境相適應，能夠看到《1984》的中國大陸知識份子應該局限在這樣的時代背景下：在 1949 年前後曾在英美留學，而在留學之後，隨著新中國的建立，又毅然決然的回到新中國的知識份子。而巫寧坤、陳夢家恰恰就是這樣的知識份子。在這方面，巫寧坤的《一滴淚》具有重要的史料價值，在《一滴淚》中有這樣一個細節說到陳夢家：「陳先生不過四十多歲年紀，但又瘦又黑，經常皺著眉頭，走起路來，弓著背彷彿背負著什麼無形的重載，看上去有點未老先衰了。有一天，從廣播大喇叭裏傳來一個通知，要求全體師生參加集體工間操。陳先生一聽就火了，說這是 1984 來了，這麼快。」[4]從這裏，我們既可以看出陳夢家作為詩人的敏銳洞察力，也可以證明陳夢家已經看過奧威爾的成名作《1984》。接下來的一個疑問是：陳夢家是什麼時候看到這書的呢？從時間上來看，很可能是在陳夢家四十年代末留學美國的時期讀到這書的，當時陳夢家趙蘿蕤夫婦留學美國，在新中國成立後，選擇了歸來。與趙蘿蕤相似的是巫寧坤，作為留美時期的同學，趙蘿蕤歸來之後執掌燕京大學外文系系主任，因此殫精竭慮要把外文系辦好，由此給巫寧坤寫信要他回國，在回國這個問題上，似乎科學家比文學家的判斷更加高明，巫寧坤的回憶錄《一滴淚》為我們提供了一個細節：

> 1951 年 7 月 18 日早晨，陽光燦爛。我登上駛往香港的克利大蘭總統號郵輪，伯頓夫婦和政道前來話別。照相留念之後，我愣頭愣腦地問政道，你為什麼不回去為新中國工作？

---

[4]　巫寧坤：《一滴淚》，第 8 頁，臺灣遠景出版社 2002 年版。

他笑笑說:「我不願讓人洗腦子。」我不明白腦子怎麼洗法,
並不覺得有什麼可怕,也就一笑了之,乘風破浪回歸一別八
年的故土了。[5]

從這裏可以看出,對於以蘇聯為首的社會主義陣營,作為科
學家的李政道的判斷明顯比巫寧坤高明,而巫寧坤雖然看過
《1984》,但似乎並沒有因此有所觸動。當然,這或許也有大學時
代的影響,在西南聯大,巫寧坤似乎就傾向左翼。需要指出的是,
巫寧坤不僅從美國帶回了奧威爾的小說《1984》,也曾在大學教書
中討論過這樣的小說,在回憶錄中,巫寧坤曾這樣回憶:「我只得
臨時抱佛腳,每天在手提式打字機上寫講稿,用生吞活剝的階級
鬥爭之類的新概念新名詞裝扮英國文學史。其中肯定有不少驢頭
不對馬嘴的地方,好在全班二十幾個男女學生大多心不在焉,有
的忙於談戀愛,有的忙於搞進步政治活動,也有幾個真正熱愛文
學的男生找上門來談論《正午的黑暗》和《1984》之類的作品或
是借閱我帶回來的美國小說。」[6]

不僅如此,在 1950 年代,在課堂上談到過奧威爾的還有楊絳,
據《聽楊絳談往事》披露:

運動期間,為了避嫌疑,要好朋友也不便往來。楊業治在人
叢中走過走過楊絳身邊,自說自話般念叨:「Animal Farm」,
連說了兩遍。楊絳已經心裏有數了,這就是她的「底」。她
在課堂上介紹英國當代小說時,講過 Animal Farm 是一部反
動小說。[7]

5　巫寧坤:《一滴淚》,第 8 頁,臺灣遠景出版社 2002 年版。
6　巫寧坤:《一滴淚》,第 10 頁,臺灣遠景出版社 2002 年版。
7　吳學昭:《聽楊絳談往事》,第 256 頁,生活·讀者·新知三聯書店,2008
　　年版。

　　從這裏我們也可以看出，在 1950 年代，不僅有巫寧坤在大學課堂上談起過喬治・奧威爾，楊絳也曾跟學生談論過這部小說。

四、六十年代：劉紹銘與奧威爾

　　到了 1960 年代，國內的環境越來越封閉，知識份子在這一時期的處境也越來越艱難。因此，很少有人去關注這本在當時看來極其反動的作家奧威爾與其作品了。因此，這一時期奧威爾在中國大陸少人問津，倒是留學歐美的知識份子在隔岸觀火的心態之下，將這部小說看的心驚肉跳，在這方面，學者劉紹銘曾留下了部分回憶，劉紹銘曾寫下一篇〈生命・愛情・自由——重證《1984》的價值〉的回憶性散文，在這篇散文中，劉紹銘把奧威爾的《1984》推為改變自己一生的書籍，在這篇文章中，劉紹銘寫到：

> 我第一次看《1984》，是念大三的時候（1958 年底）。那個時候英文生字有限，悟力不高，看過了也就真的看過了，沒有什麼特別感想。後來在美國教書，有一門涉及「預言、諷刺、政治小說」的，才再用心的看了一兩遍。60 年代後期的「文革」如火如荼，毛澤東說「越亂越好」，他的邏輯使我想起《1984》大洋邦的口號：「戰爭是和平、自由是奴役、無知是力量。」《人民日報》每天報導公社生產超額完成的數字，使我想起大洋邦「迷理部」的公佈。劉少奇和彭德懷這些「開國功臣」可以一夜之間成為反革命、走資修正叛徒，使我想起了大洋邦的一句新語：「非人」。意指世界上從來沒有這個人。[8]

---

[8]　劉紹銘：《情到濃時》，第 135 頁，上海三聯書店出版，2000 年版。

　　劉紹銘的這些回憶充分表達了在當時的歷史環境下讀這本小說的意義，小說與現實相互映照，讀起來其體會自然更加深刻。

五、七十年代：董樂山與奧威爾

　　到了 70 年代，中國大陸曾內部出版了許多灰皮書、黃皮書等內部讀物，主要是一些在當時看來極其反動的書，在這些書中，似乎並沒有奧威爾的作品，不過，也有一些機緣巧合，隨著政治空氣的寬鬆以及人們對於書籍的渴望，也有一些人在此時開始接觸到奧威爾，這其中，最出名的當屬董樂山。

　　說到奧威爾在中國的傳播，不能不提到《1984》的翻譯者董樂山，正是他的翻譯，使得大陸讀者第一次看到了中文版的《1984》。董樂山是一位著名的翻譯家，他還曾翻譯過斯諾的《西行漫記》等一系列的作品，在《奧威爾散文集選題》中，董樂山曾回憶說：

> 最初我是在 50 年代初期翻譯國籍新聞電訊稿時接觸奧威爾的名字的，但當時由於閉關鎖國，無法讀到他的作品，因此不知他是怎麼一個作家，不過從上下文來看，可以大概知道他是反極權主義的。後來到了 70 年代後期才有一個偶然機會讀到他的傳世名著《一九八四》，我這一生讀到的書可謂不少，但是感到極度震撼的，這是唯一的一部。因此立志把它譯出來，供國人共賞。正好那時陳適五在主持一本叫做《國外名著選譯》的叢刊，向我約稿，我分四次給他譯稿，作為連載。這個譯稿當初是作內部發行的，印數只五千份，因此

影響不大。後來花城出版社向我約稿，我又推薦此書。他們於 1985 年出了內部發行版，1988 年有作為《反面烏托邦三部曲》之一，出了公開發行版。[9]

從這裏我們可以看出董樂山與奧威爾之間的關係，自然，這裏不能不提董樂山對於在中國傳播奧威爾所作出的重要貢獻。

六、八十年代：王小波與奧威爾

到了八十年代，隨著花城出版社出版了烏托邦三部曲，奧威爾在中國的傳播迎來一個高潮，這其中的讀者，就有已故作家王小波。王小波曾在文章中回憶說：

1980 年，我在大學裏讀到了喬治‧奧威爾（G.Orwell）的《1984》，這是一個終身難忘的經歷。這本書和赫胥黎（A.L.Huxley）的《奇妙的新世界》、扎米亞京（Y.I. Zamyatin）的《我們》並稱反面烏托邦三部曲，但是對我來說，它已經不是烏托邦，而是歷史了。不管怎麼說，烏托邦和歷史還有一點區別。前者未曾發生，後者我們已經身歷。前者和實際相比只是形似，後者則不斷重演，萬變不離其宗。喬治‧奧威爾的噩夢在我們這裏成真，是因為有些人以為生活就該是無智無性無趣。他們推己及人，覺得所有的人都有相同的看法。既然人同此心，就該把理想付諸實現，構造一個更加徹底的無趣世界。因此應該有《尋找無雙》，應該有《革命時

9　董樂山：《董樂山文集》，第 23 頁，第二卷，河北教育出版社，2002 年版。

期的愛情》，還應該有《紅拂夜奔》。我寫的是內心而不是外形，是神似而不是形似。[10]

在這裏，我們明顯可以看出奧威爾對王小波的影響，這不僅是思想性的，更是小說的寫作方式的，讀王小波的小說，不論是《黃金時代》，還是《革命時期的愛情》，隱隱的，總會讓人想起奧威爾的《1984》，不僅如此，王小波最著名的雜文名篇〈一隻特立獨行的豬〉中描寫的豬，也讓人想起奧威爾《動物莊園》中那只叫做拿破崙的豬，比較一下這兩隻豬的異同似乎是一件很有意思的事情。

七、小結

綜上所述，可以看出，奧威爾在中國的傳播，經歷了一個漫長的過程，在民國時期，中國與國外歐美等國家交往相對順暢，因此，奧威爾的作品很早就開始在中國傳播，但是，隨著政治氣候的變化，國家開始變得封閉起來，其作品被當作了敏感之作，並一度中斷了在中國的傳播歷程，當然，那也是中國歷史上比較差的時代，再以後，隨著改革開放與思想解放，奧威爾再次開始在中國得到了廣泛的傳播，這不僅表明了中國開始融入文明世界，同時也意味著自由又多了一份保障。

---

[10] 王小波：《沈默的大多數》，第 329 頁，中國青年出版社，1997 年 10 月。

錢鍾書與侯外廬

──關於錢鍾書的一封信

廈門大學中文系 2006 級戲劇戲曲專業碩士研究生

龔元

　　《記錢鍾書先生》一書中有一封信很有意思，收錄在劉世南〈記默存先生與我的書信交往〉一文中。劉世南對錢鍾書的學術造詣甚為欽佩，遂在 1977 年向錢鍾書寄出了第一封信。劉世南在信中談到現今真正的讀書種子太少，名家也不免出錯。於是列舉了周振甫和侯外廬的例子。

　　其一為「周振甫先生的《嚴復詩文選》第 258 頁選〈說詩用琥韻〉，末二句為『舉俗愛許渾，吾已思熟爛』，周先生注釋說：『愛許渾，愛如許渾。陳師道〈次韻蘇公西湖觀月聽琴詩〉：『潛魚避流光，歸鳥投重昏。信有千丈清，不如一尺渾。』水清則魚無所隱蔽，所以不如渾。言世俗愛那樣渾為了避禍，這點我已思之熟了。周先生所引陳師道詩在《後山集》卷一，《後山集》卷二有同題一詩，末二句為『後世無高學，舉俗愛許渾』，才是嚴詩的出處。許渾，晚唐詩人，有《丁卯集》。明人楊慎《升庵詩話》『許渾』條說：『詩至許渾，淺陋極矣，而俗喜傳之，至今不廢。陳後山云：『近世無高學，舉俗愛許渾。』

孫光憲曰:『許渾詩,李遠賦,不如不做。』嚴復為其子說詩,引陳師道此句,意在指示其子作詩應力避淺陋,務求高雅。周先生偶忘出處,遽臆說為和光同塵以避禍,不省與『說詩』何關。』[1]

其二為「侯先生《中國思想通史》第五卷論龔自珍,根據魏源說的『晚尤好西方之書』就說『可惜他研究西方之書太晚,不見於言論,只有用『公羊春秋』之家法了,把『西方之書』理解為歐美近代的政治、經濟學說。其實『西方之書』是指佛經。黃庭堅《山谷全書》卷十九:『西方之書論聖人之學,以為由初發心以至成道,唯一直心,無委曲相。』就是指佛經而言。歐、美,晚清士大夫稱為『泰西』,並不稱『西方』。《龔自珍全集》第六輯從〈正譯第一〉到〈最錄神不滅論〉,四十九篇全是關於佛學的。可見侯先生讀書不夠認真。』[2]

按道理,周振甫和侯外廬所犯之錯誤均屬「基本常識」,僅就這一點而言,兩者並無高下之分。可是錢鍾書的回信卻對此做出了非常明確的區別。錢鍾書在回信中說:「周君乃弟之畏友,精思劬學,非侯君庸妄之倫。致書未報,或有他故,晤面時當一叩之。」[3]筆者關注的問題正在於此:何以錢鍾書對侯外廬的評價竟是如此之低呢?難道僅僅因為周振甫是錢鍾書的朋友而侯外廬不是?這樣推測未免看低了錢鍾書。那麼究竟原因何在呢?

首先需要注意的是錢鍾書筆下「庸妄之倫」四字。此四字之內涵完全超出了對具體問題的判斷,而涉及整體性之學術評價。學人多知錢鍾書向來語多刻薄之處,但於措辭之謹嚴、人情之深察,亦非尋常之輩可比。錢鍾書如此不留情面的評價,如不是對侯外廬的

---

[1] 牟曉明、范旭侖編:《記錢鍾書先生》,大連出版社 1995 年版。
[2] 牟曉明、范旭侖編:《記錢鍾書先生》,大連出版社 1995 年版。
[3] 牟曉明、范旭侖編:《記錢鍾書先生》,大連出版社 1995 年版。

學術水平持質疑甚至否定的態度，斷不會下此結論。其次值得注意的是錢鍾書回覆此信的人世背景：1977 年，時局並不安穩，人心尤其難測。錢鍾書與劉世南並無交往可言，僅憑一信之緣，便出言如此直率而不加隱晦，何況臧否的又是當世人物。可見錢鍾書並無任何隱瞞之意，遂可推斷此「庸妄之倫」四字乃是對侯外廬之定評。

　　在筆者看來，如果能從學人史與學術史角度體察一二，錢鍾書此「庸妄之倫」四字之含義，頗有些值得分析之處。

　　在《管錐篇》中，錢鍾書也解釋了「二西」稱謂問題。「明季天主教入中國，詩文遂道『二西』；如虞淳熙《虞德園先生集》卷二四〈答利西泰書〉：『幸毋以西人攻西人』，正謂耶穌之『西』說與釋迦之『西』說相爭也。近世學者不查，或致張冠李戴；至有讀魏源記龔自珍「好西方之書，自謂造微」，乃昌言龔通曉歐西新學。直可追配王餘佑之言杜甫通拉丁文、廖平之言孔子通英文、法文也！」[4] 此「近世學者」是否指侯外廬不得而知，但從錢鍾書不無揶揄的言語中卻可讀出一二鄙薄之態。蓋老輩學人多幼承家學，學術根基十分穩固，對於文章句讀、名詞訓詁等「基本功」更是極為重視。譬如周振甫年輕時得以進入上海開明書店工作，便是因為作《老學庵筆記》斷句的功夫高出同儕。所以在飽學如錢鍾書看來，一位著有《中國近代思想學說史》的著名學者竟然連「西方」與「泰西」之分別都混淆不清，學術造詣當然會令人生疑。可面對同樣犯了「常識」錯誤的周振甫，錢鍾書為何又對其辯駁再三，祖護有加呢？

　　從〈錢默存先生交遊考〉一文及《錢鍾書與近代學人》一書中所記載錢鍾書的交遊範圍，擇其要者可分兩類：傳統文人與新派學者。前者如陳衍、李拔可、夏敬觀，金松岑。後者如吳宓、傅雷、張申府

---

[4]　錢鍾書：《管錐編》第二冊，第 681 頁，中華書局 1979 年版。

（入清華任教已經棄政從學），李健吾。由此可見，錢鍾書所交往之
人多為飽學之士，在學問上也並不囿於一家之見，更不會以某某主義
為一生信條。且建國後凡留在大陸者，命運基本上都不怎麼好。周振
甫貫通文史，曾為《談藝錄》擬定目次，當屬此列。錢鍾書對此工作
亦頗為讚賞，稱之為「非如觀世音之具千手千眼不可」。

　　反觀侯外廬〈韌的追求·自序〉、〈朋友們的理想、襟懷和情誼〉
和〈學者們的性格種種〉三篇文章，所列師友也均為飽學之士，但
不論學問旨趣還是政治觀念，與錢鍾書的朋友可謂大異其趣。譬如
郭沫若、杜國庠、翦伯贊、范文瀾、吳晗等等。這些人的共同特點
是政治立場左傾或本身即是共產黨員，建國後多為學界領導人物。
錢鍾書尤其對侯外廬非常佩服的郭沫若語多不屑。「按 1971 年與吳
忠匡書：郭章二氏之書，幾乎人手一編。吾老不好學，自安寡陋，
初未以之遮眼，弟則庶幾能得風氣，足與多聞後生競走趨矣。」[5]
「1988 年與周振甫書：阮文達南帖北碑之論，蓋係未睹南朝碑版
結體方正與北碑不異；郭沫若見南碑，遂謂世傳右軍《蘭亭序》非
晉宋書體，必後世偽託。其隅見而乖圓覽，與文達各墮一邊。」[6]由
此可以想見，錢鍾書對侯外廬也基本不會有什麼好感。

　　侯外廬是著名的馬克思主義思想史家，與建國後方滿口馬列
「曲學阿世」的學者判然有別。侯外廬早在 20 年代因受李大釗影
響而信奉馬克思主義，後以十年之功苦苦翻譯《資本論》，著作宏
富，是一個真正的學者。筆者在孔夫子舊書網上看到過一份拍賣材
料《三反分子侯外廬材料選編》，可見侯外廬在文革中也倍受衝擊。
只是建國以後，馬克思主義成為官方意識形態，遂在學術領域「罷
黜百家，獨尊馬列」。學術界自由研究之風消失殆盡，整體水準一

---

[5]　牟曉明、范旭侖編：《記錢鍾書先生》，大連出版社 1995 年版。
[6]　牟曉明、范旭侖編：《記錢鍾書先生》，大連出版社 1995 年版。

降再降，竟致一片荒野。這無形中更加劇了馬克思主義學者與自由派學者之間的分歧與鴻溝。譬如錢鍾書建國後文章寥寥，《宋詩選注》甫一出版便遭批判，從此更是明哲保身，不再輕易說話了。而侯外廬建國後卻歷任西北大學校長、北師大歷史系主任、社科院學部委員等職務，文章著述亦是不斷出版。這種境遇上並不平等的差別，不可能不在錢鍾書心中留下深深的芥蒂。所以，錢鍾書「庸妄之倫」四字在筆者看來雖然明指侯外廬，但其言說範圍早已超出一人一事之評。蓋因侯外廬在馬克思主義史學領域的權威地位，倒是無形中成了錢鍾書傾吐心中積鬱的「對象」。如更進一步深究，這又不得不涉及到學術史上的某種「分野」。

劉夢溪在《中國現代學術要略》中談到：「中國傳統學術向現代學術轉變，有一學術理念上的分別，即傳統學術重通人之學，現代學術重專家之學。」[7]而隨著現代化的進展，專家地位日益顯著，通人之學反而成了一道逐漸消逝的風景。可是專家之學的弊病也在這一轉變中顯露出來，學科互為畛域、壁壘森嚴，一定程度上亦阻礙了學術的進展。故劉夢溪有這樣一段話：「中國現代學者中的一些最出色人物，往往在致力於某一學科領域的專精研究的同時，又自覺不自覺地在打開學科間的限制。章太炎如是，王國維如是，梁啟超如是，蔡元培如是，馬一浮如是，胡適亦複如是。錢賓四，固然有通融四部之大目標；錢鍾書在談到自己的治學方法時也說，他是自覺地『求打通，以中國文學與外國文學打通，以中國詩文詞曲與小說打通』，而《管錐編》一書，則是體現他綜合運用此種方法對古今中西各種學問尋求通解圓釋之當代無二的大著述。」[8]

---

[7]　劉夢溪：《中國現代學術要略》，103-109 頁，三聯書店 2008 年版。
[8]　劉夢溪：《中國現代學術要略》，103-109 頁，三聯書店 2008 年版。

從這一角度切入即可發現：錢鍾書之學屬於最後一代「通人之學」，而侯外廬之學則屬於「專家之學」。錢鍾書家學淵源，其父錢基博為一代國學大師，「基博論學，務為浩博無涯涘。詁經譚史，旁涉百家；抉摘利病，發其闡奧。」[9]錢鍾書深得其旨而又兼通西學。柯靈對此有精闢的概括：「錢氏的兩大精神支柱是淵博與睿智，二者互相滲透，互為羽翼，渾然一體，如影隨行。他博及群書，古今中外，文史哲無所不窺，無所不精。睿智使他進得去，出得來，提得起，放得下，升堂入室，攬天下珍奇入我襟袍，神而化之，不蹈故常，絕傍前人，熔鑄為卓然一家的『錢學』。淵博使他站得高，望得遠，看得透，撇得開，靈心慧眼，明辨深思，熱愛人生而超然物外，洞達世情而不染一塵，水晶般的透明與堅實，形成他立身處世的獨特風格。這種品質，反映在文字裏，就是層出不窮的警句，因為他本身就是一個天下的警句。淵博與睿智，二者缺一，就不是錢鍾書了。」[10]

而侯外廬一生致力於思想史研究，並以馬克思主義理論方法作為指導性原則。早在 30 年代北平大學經濟系任教授時，侯外廬「開設的幾門課中，主要的是經濟學、社會學。在經濟學課上，主要講馬克思的政治經濟學，在社會學課上，主要講唯物史觀」。[11]侯外廬也談到過自己的治學方法，《中國古典社會史論》一書確定了侯外廬研究中國古代社會所遵循的三個基本原則。其中一點便是「力求把馬克思主義同中國古代史料結合起來，作統一的研究。一方面是為了使歷史科學中關於古代社會規律的理論中國化，另一方面，

9　錢基博：《錢基博學術論著選》，第 4 頁，華中師範大學出版社 1997 年版。
10　柯靈：〈促膝閒話鍾書君〉，《讀書》1989 年第 3 期，參見蔣凡《近現代學術大師治學方法比較》。
11　侯外廬：《韌的追求》，三聯書店 1985 年版。

也是為了使經典作家關於家族、私有財產、國家等問題的研究成果，在中國得到引申和發展」。[12]由此可見錢鍾書與侯外廬在治學方法、學術旨趣上的大相徑庭。

　　舉一個具體的例子：錢鍾書與侯外廬對於《老子》中「無」與「有」的問題都有過探究。《老子》一一章：「三十輻，共一轂；當其無，有車之用。埏埴以為器，當其無，有器之用。鑿戶牖以為室，當其無，有室之用。故有之以為利，無之以為用。」

　　侯外廬在〈和李約瑟博士談《老子》〉一文中如此解釋「無」與「有」：「所謂『無』，就是指生產力低下，車、器、室等一切產品不屬於個人的特定的歷史階段，也就是非私有的時代。在這個時代，車、器、室等勞動生產物，只單純表現為有用物，由人們共同生產，共同佔有，用政治經濟學術語說，只有使用價值。故曰『無之以為用』。」[13]「所謂『有』，就是『無』的歷史階段的對立物，是生產品屬於個人，也就是私有的時代。在這個時代，車、器、室等勞動生產物，在一定條件下可以變做商品，具有交換價值，而交換價值表現為利的關係。故曰『有之以為利』。」[14]鮮明地體現了侯外廬「將馬克思主義同中國古代史料結合起來做統一研究」的學術追求。

　　而錢先生在《管錐編》中論述這一問題時旁徵博引，所用文獻就多達 28 處。錢鍾書的意思主要有兩點：一為「蓋就本章論，老子只戒人毋『實諸所無』，非叫人盡『空諸所有』。當其無，方有『有』之用；亦即當其有，始有『無』之用。『有無相生』而相需為用；淮南所謂必『因其所有』，乃『用其所無』耳」。[15]說明有用與無用

[12]　侯外廬：《韌的追求》，三聯書店 1985 年版。
[13]　侯外廬：《韌的追求》，三聯書店 1985 年版。
[14]　侯外廬：《韌的追求》，三聯書店 1985 年版。
[15]　舒展：《錢鍾書論學文選》第一卷，103-106 頁，花城出版社 1990 年版。

相互依存的關係。二為無用之用有兩義：「有用則與為攻，無用則自全其生」。此一義也。「無用者有用之資，有用者無用之施」。[16]此另一義也。由此可見錢鍾書淵博貫通的學術旨趣。

　　另有關於侯外廬的一條材料可資補充：葛兆光在《思想史研究課堂講錄》中提到了侯外廬的學術：在考察思想史上人物的位置與重要性的變化過程時，有這樣一段話：「呂才據說也是唯物論的，但是在 50 年代以前的哲學史思想史系列中，他沒有多大的影響，但是，到侯外廬《中國思想通史》，竟然專門列了一張，說他是偉大的思想家，特意表彰他的『唯物主義和無神論』，這樣才使初唐的唯物主義和唯心主義成了兩大陣營的對壘。」[17]可見：如果一種理論對其應用範疇不加反思、對其使用語境缺乏判斷，則不免有生搬硬套之嫌。如果這種理論又不得不追隨意識形態而亦步亦趨時，不論是否出於無奈，都將難逃「為學不作媚時語」之責難。正是在這一意義上，錢鍾書「庸妄之倫」四字斷語也並非苛評。葛兆光為學生所開列的思想史參考書目中，沒有一本關於侯外廬的著作。侯外廬一生著作宏富，這一點值得深思。

　　至於錢鍾書對「專家之學」的態度，從其所留下的文字中也可管窺一二。錢鍾書在敘述自己的學術思想時說到：「故必深造熟思，化書卷見聞作吾性靈，與古今中外為無町畦，及乎因情生文，應物而付。不設範以自規，不劃界以自封，意得手隨，洋洋乎只知寫吾胸中之所有，沛然覺肺肝中流出，曰新曰舊，蓋脫然兩忘之矣。」[18]如反觀錢鍾書之意，所謂「專家之學」不論品格高低，

---

[16] 舒展：《錢鍾書論學文選》第一卷，103-106 頁，花城出版社 1990 年版。

[17] 葛兆光：《思想史研究課堂講錄》，第 55 頁，三聯書店 2006 年版。

[18] 錢鍾書：《走向世界叢書序》，載《錢鍾書散文》，第 460 頁，浙江文藝出版社 1997 年版，參加蔣凡《近現代學術大師治學方法比較》與李洪岩《錢鍾書與近代學人》。

則多少會有些「設範以自規，劃界以自封」的弊病。而說起錢鍾書對馬克思主義學說的態度，《胡適之晚年談話錄》提供了一條史料。胡適在看到《宋詩選注》後說：「錢鍾書沒有用經濟史觀來解釋，聽說共產黨要清算他了。」過了一天，當胡適閱完此書後又說：「他是故意選些有關社會問題的詩，不過他的注確實寫得不錯。」[19]胡適是高明人，《宋詩選注》確實在文本上存在這樣一種悖反現象：即平淡的選詩與生動的注釋。也許只有這樣，錢鍾書才可多少保留一些自己的學術旨趣吧。

此外，錢鍾書明確表示對馬克思主義學說的看法是1978年出席在義大利召開的歐洲漢學會上。錢鍾書做了題為〈古典文學研究在中國〉的報告。錢鍾書肯定了馬克思主義學說使中國古典文學研究者認真研究理論問題，並引發了對「實證主義」的造反，改變了以往缺乏思想的狀態。但錢鍾書也點明了中國古典文學研究最大的缺點，就是對外國學者研究中國文學的重要論著，幾乎一無所知，而這恰恰是一個不可原諒的缺點。[20]錢鍾書說話很有藝術性，所謂對國外學者在相關領域的研究一無所知，難道不是「罷黜百家，獨尊馬列」的結果嗎？

錢鍾書在致張文江的信中說：「近人的學術著作（包括我在內）不必多看；『欲窮千里目，更上一層樓』，敬以二句奉贈。」[21]這樣說來，錢鍾書「庸妄之倫」四字斷語與其安放在一位老輩學者身上，不如讓後學借此反思一下當代「世胄躡高位，英俊沉下僚」的學術生態吧。

---

[19] 胡頌平編：《胡適之先生晚年談話錄》，第20頁，中國友誼出版公司1993年版。
[20] 孔茂慶：《錢鍾書與楊絳》，第287頁，海南國際新聞出版中心1997年版，參見《錢鍾書研究》第二輯。
[21] 牟曉明、范旭侖編：《記錢鍾書先生》，大連出版社1995年版。

《圍城》中的學位制度考察

廈門大學教育研究院2007級課程與教學碩士研究生

楊寧

　　自《圍城》出版以來，便引起了學者的關注，可以說，對於《圍城》的研究涉及到各個方面，如大到對各個人物形象，藝術特色的分析，小到對修辭手法，甚至到對標點符號的分析。我們細看這些文章，可以發現裏面或多或少都會提及方鴻漸的學位，假文憑的事，但專門對學位有所論及的幾乎沒有。從《圍城》的第一章開始，便涉及到方鴻漸買假文憑的事，一直到最後幾章，都有關於學位的事。可以說，《圍城》中學位這個概念是非常重要的。

一、學位的重要性

　　自古以來，人們就非常重視學歷，在明清，人們就以「秀才，舉人，進士」這三等來衡量其學問和才華的高低，其選拔、考核、授予都非常的嚴格，具有權威信。到了現代，隨著中國逐漸融入整個世界，學位這個概念也不斷發展完善起來，發展至今，中國已形成「學士、碩士、博士」三種學位。至於學位的重要性，我

們可以從兩個方面來看，一是從《圍城》這本書來看，二是從這本書的作者錢鍾書來看。

（一）從《圍城》看學位

在《圍城》的第一章，便說到方鴻漸的岳父把他送出國外，他到了歐洲，四年中倒換了三個大學，對學習毫無興趣，生活很是懶散，至於學位，更是覺得無用。直到父親和岳父的催促，父親寫信問他是否取得博士學位，岳父說「賢婿似宜舉洋進士，庶幾克紹箕裘，後來居上，愚亦與有榮焉。」[1]可見，在長輩的眼中，博士學位相當於古代的進士，若中了進士，便是光耀門楣之事，值得誇耀的，利瑪竇曾經在《利瑪竇中國札記》中有證：「第一種學位與我們的學士學位相當，叫做秀才……第二種學位叫舉人，可以與我們的碩士相比……中國人的第三種學位叫做進士，相當於我們的博士學位。」[2]他這才發現學位文憑的重要。方鴻漸說，「這一張文憑，彷彿有亞當，夏娃下身那片樹葉的功用，可以遮羞包醜；小小一方紙能把一個人的空疏、寡陋、愚笨都掩蓋起來。」[3]

學位的重要性不僅體現在老輩的重視上，在方鴻漸後來的生活中，學位的影響也是很大的，像他的工作和婚姻，例如因為他的學位根基不如別人的硬，他只能當個副教授，並常依靠趙辛楣，他的婚姻愛情，也與其身份，社會地位有著重要的關係，這還是要涉及他的學位。在當今社會中，考研熱，考博熱也正說明了這一點，可見，學位

---

[1]　錢鍾書，《錢鍾書選集　小說詩歌卷》，第 14 頁[M]，海口：南海出版公司，2001。

[2]　《利瑪竇中國札記》36-41 頁，中華書局，1983。

[3]　錢鍾書，《錢鍾書選集　小說詩歌卷》，第 114 頁[M]，海口：南海出版公司，2001。

決定地位是不無道理的。那麼方鴻漸對於學位是怎麼樣的態度呢？文中許多章節都反應出他是對學位持以鄙夷的態度。如在第一章買完假文憑以後，說到撒謊欺騙有時並非不道德，買文憑回去哄他們，「好比前清時代花錢捐個官，也是孝子賢婿應有的承養歡志」，[4]後來又提到他搞個美國的文憑卻穿著德國大學博士的制服，以及第三章說到自己買假文憑是滑稽玩世，這些都對文憑表示出一種諷刺。錢鍾書對於假的東西也有自己的一番議論，他在〈說笑〉中說到：「大凡假充一椿事物，總有兩個動機。或出於尊敬……或出於利用。」[5]在〈談教訓〉中又說到：「世界不少真貨色都是從冒牌起的。所以假道學可以說是真道學的學習時期……不過，假也好，真也好，行善必有善報。」[6]可見，方鴻漸去弄假文憑明顯不是出於尊敬崇拜的目的，只是為了迎合潮流，利用這張紙，去對家人的期望有個交代。至於方鴻漸的做法，本文的作者沒有對其否定，真真假假，人世間常事，只能說善有善報，無所定論。我們所能看見的只是：學位雖重要卻欺世盜名。

（二）錢鍾書看學位

人們常常將錢鍾書與陳寅恪相比，不僅因為兩者都是海內外所推崇的學術大師，他們在治學方法、態度、人格品質等方面也有一定的相似性。除此之外，就是兩人都沒有獲得博士學位，陳寅恪尤勝，「他遊走歐洲數十國家，未獵取任何學位。」[7]錢鍾書則考取了英國

4　錢鍾書，《錢鍾書選集　小說詩歌卷》，第 115 頁[M]，海口：南海出版公司，2001。
5　《寫在人生邊上　人生邊上的邊上　石語》第 25 頁，北京：生活・讀書・新知三聯書店，2002。
6　《寫在人生邊上　人生邊上的邊上　石語》第 40 頁，北京：生活・讀書・新知三聯書店，2002。
7　《錢鍾書評論　卷一》第 66 頁，社會科學文獻出版社，1996。

庚子賠款資助的公費留學，在當時，這個考試是「競爭最激烈，最難考取的考試」。[8]在牛津學習的兩年時間，他利用圖書館資源，學習了大量自己感興趣的學問，並不拘束於為了得學位而去學習，因此，在牛津要考「英國版本與校勘學」，因為不感興趣，結果沒有及格要補考。但最終，錢鍾書通過兩年的學習，「寫成論文《十七、十八世紀英國文學中的中國》[9]獲得了文學學士學位。對於這個學位，曾經有過爭論，因為楊絳在著名的《記錢鍾書與圍城》一書中描繪錢鍾書時，曾經寫道：「1935 年考取英庚款到英國牛津留學，1937 年得副博士（B.Litt.）學位。」[10]直到在劉江的文章〈「好讀書」和楊絳〉裏，楊絳先生接受其採訪糾正說：「不是副博士，是學士學位。」[11]才解決了人們的疑問，為此事劃上了一個句號。在英國，學士學位分為普通學士學位和榮譽學士學位，後者高於前者，且分為三個等級。普通學士學位是一種只起證明學歷的學位，是一種較短期的、以工作為中心的、中間水平的學位制度。錢鍾書讀的是榮譽學士學位，所以要上必修課，要寫畢業論文，要答辯。楊絳在《我們仨》中說：「據鍾書說，獲得優等文科學士學位之後，再吃兩年飯（即住校兩年，不含假期）就是碩士；再吃四年飯，就成博士。」[12]

　　因為公費是四年，錢鍾書在牛津讀書期間，便在法國巴黎大學註冊了，後來則去法國插校進修，本打算讀學位，後來由於學風比較寬鬆，又放棄了這個念頭。對於錢鍾書來說，學位根本就是一張無用的紙，楊絳曾說過：「鍾書通過了牛津的論文考試，如獲重赦。他覺得為一個學位陪掉許多時間，很不值當。他白費功夫讀些不必要的功課，

---

[8]　《留學生與中外文化》，第 287 頁，南開大學出版社，2005。

[9]　《智者的心路歷程——錢鍾書的生平與學術》，第 168 頁。河北教育出版社，1995。

[10]　《楊絳作品集　二卷》，第 327 頁，中國社會科學出版社，1993。

[11]　《「好讀書」和楊絳》12 版，2001 年 9 月 27 日《人民日報》

[12]　《我們仨》，第 72 頁，生活‧讀書‧新知三聯書店，2003。

想讀的許多書都只好放棄。因此他常引用一位曾獲牛津文學學士的英國學者對文學學士的評價：『文學學士，就是對文學無識無知。』鍾書從此不想再讀什麼學位。」[13]錢也說過「生來是個人，終免不得做幾椿錯事傻事，吃不該吃的果子，愛不值愛的東西，但是心上自有權衡，不肯顛倒是非，抹殺好壞來為自己辯護」[14]學位也許就是錢不該吃的果子吧。錢鍾書曾經對俗有這樣的看法，認為其包含兩個意義：「（一）他認為這椿東西組織中某成分的量超過他心目中的量。（二）他認為這椿東西能感動的人數超過他自以為隸屬著的階級的人數。」[15]根據這個定義，我們可得出在錢的眼裏，學位就是屬於這類俗物。只為學位的人，也是「一切裝腔都起於自卑心理」[16]有才學的人是不需要這類俗物來裝腔作勢的。後來回國，也是因為其學識，被母校清華大學破格直接聘為外文系的教授。直到後來，錢鍾書也沒有去讀學位，「一九八一年的時候，美國普林斯頓大學曾以榮譽文學博士和薪金外另贈四千美元價值書籍為餌邀錢先生前往講學，錢鍾書也拒絕了。」[17]可見錢鍾書是不看重學位的，除了不看重學位，錢鍾書更不看重名利。在《我們仨》中，我們可以看到許多這樣的片段，如在第71頁，他拒絕在牛津做漢學教授的助手；在121頁，他辭謝了聯合國的職位；在161頁，他推辭了出國訪問之類，只是礙於老同學的情面，只接受了胡喬木做了文學所的顧問。楊絳還感慨道：「他並不求名，卻躲不了名人的煩擾和煩惱。假如他沒有名，我們該多麼清淨！」[18]

[13]　《我們仨》，第90頁，生活・讀書・新知三聯書店，2003。
[14]　《寫在人生邊上　人生邊上的邊上　石語》，第50頁，北京：生活・讀書・新知三聯書店，2002。
[15]　《寫在人生邊上　人生邊上的邊上　石語》，第69頁，北京：生活・讀書・新知三聯書店，2002。
[16]　《寫在人生邊上　人生邊上的邊上　石語》，第71頁，北京：生活・讀書・新知三聯書店，2002。
[17]　《記錢鍾書先生》，第113頁，大連出版社，1995。
[18]　《我們仨》，第164頁，生活・讀書・新知三聯書店，2003。

二、學位與學銜

（一）《圍城》中的學銜

　　學銜指的是高等學校或科研機構根據教師或研究人員的學術水平和教學科研工作水平，經評定而授予的學術頭銜或稱號。[19]我們一般俗稱職稱。在中國，分類比較簡單，主要分為「助教，講師，副教授，教授」四級。學銜不僅代表了大學教師的學術水平，還反映其工作能力，科研的成績。學銜一般與學位緊密相連，要達到一定的學銜必須有一定的學位，各國教授副教授一般都要是博士，在德國因為博士學位不能滿足學銜要求，所以還專門建立了任教資格博士證書。《圍城》在第六章的一開始便說到方鴻漸來學校問自己是哪個系的教授，高松年卻因為方鴻漸的履歷表上沒有學位而刁難，說照他的學歷，至多做個講師，現在因為趙辛楣的推薦，破格他為副教授，下學年再升。可見當時實行的是學銜與學位相連的制度，我們通過三閭大學總的來看一下學銜與學歷的關係。在《圍城》中，當教授的分為幾種，一種是資歷老的，像高松年是個老科學家，做了校長；李梅亭，則是訓導長；汪處厚是中文系的主任；劉東方也屬於這一類，是外文系的主任，論學位，他只在外國暑期學校混了張證書。第二種是有學歷的，其中文中在第六章中提到陸子瀟的話，他說教授裏分為好幾等，韓學愈比趙辛楣高，趙辛楣比劉東方高，因為韓學愈是個 PH.D.，是個哲學博士，這在外國算是最高的學歷了。無論學歷是真是假，可以看出有學位的地位是最高的了。趙辛楣雖然是美國留學生，但不是哲學博士，所以不如韓學愈。陸

---

[19]　《學位論》，第 108 頁，人民教育出版社，2005。

子瀟是歷史系的台柱教授，年紀不大，想必也是屬於這一類的。再來看看副教授，主要是顧爾謙和方鴻漸，兩者都沒有什麼學位，顧爾謙因為是高松年的遠親才被聘，而方鴻漸在別人的眼中是因為趙辛楣的關係才做了副教授。方鴻漸又因為不屬於任何系，更顯得沒有地位，常受到別人的排擠。當講師和助教的一般都是大學畢業生，像孫柔嘉、劉小姐和范小姐，都屬於這一類。可見，考察一個教師的地位，要從多方面考察，如學位，學銜，職務，教齡等。其中，學位起一個主導作用，如果學位無可挑剔，學銜，職務就跟著來了，趙辛楣、韓學愈就是一個很好的例子。

那麼學銜高了會有怎樣的好處呢，我們看《圍城》中的描寫，便會得知。在這五個人一同從上海到三閭大學來時，只有孫柔嘉沒有旅費，因為她的職位太小，是個助教。趙辛楣在到學校後，對方鴻漸的事表示道歉說：「不用提了，我把我的薪水——好，好！我不，我不！」[20]後來在陸子瀟與方鴻漸的對話中，方鴻漸問：「為什麼你們的系主任薪水特別高呢？」[21]可見，學銜與工資是掛鈎的。同時，學銜的晉升也是有規律可循的，在《圍城》中汪處厚對鴻漸說：「有名望、有特殊關係的那些人當然是例外，至於一般教員的升級可以這樣說：講師升副教授容易，副教授升教授難上加難。我在華陽大學的時候，他們有這麼一比，講師比通房丫頭，教授比夫人，副教授呢？等於如夫人，——」鴻漸聽得笑起來——「這一字之差不可以道理計。丫頭收房做姨太太，是很普通——至少在以前很普通的事，姨太太要扶正做大太太，那是干犯綱常名教，做不得的。」[22]這道出了當時大學教師晉升的特點。現在也是這樣一個情況，教師升講師‧副教授的要求比較低，而教授則

[20]　《錢鍾書選集　小說詩歌卷》，第 269 頁，南海出版公司，2001。
[21]　《錢鍾書選集　小說詩歌卷》，第 274 頁，南海出版公司，2001。
[22]　《錢鍾書選集　小說詩歌卷》，第 323 頁，南海出版公司，2001。

和副教授的晉升屬於兩個檔次，所以教師晉升標準還是不規範的。同時，校長和系主任的權利比較大，可以決定教師的學銜。從韓學愈老婆與劉東妹妹之間的交換便可得出這個結論。而錢鍾書也是這樣的一個例子。「1933 年，錢鍾書從清華畢業，獲文學學士學位，於九月初任光華外文系講師。」[23]「錢鍾書進清華是破格的。他任光華外文系講師也是破格的，因為按當時常規，大學畢業生工作二年後開始能擔任助教。若干年後再從助教升講師，而錢鍾書一來即是講師名義。因為錢鍾書非等閒之輩，他在清華做學生的時候，已露頭角，在全國性有名的刊物上、發表了很多擲地有聲的文章。」[24]「後來清華聘錢鍾書為外文系教授，據當時清華文學院長馮友蘭講，此乃破例之事，因為按清華舊例，剛剛回國的人教書只能當講師，級級上臺階，由講師升副教授，然後升教授。而錢鍾書連跳兩級，直升教授，時年還不足 28 歲。」[25]他是由校長梅貽琦破格提拔的，所以在後來離開清華去藍田時，「他自己無限抱愧，清華破格任用他，他卻有始無終，任職不滿一年就離開了。」[26]從 1939 年 12 月到 1941 年 7 月，錢鍾書在國立師範學院任英語系教授兼系主任也是因為其學識。

（二）導師制看學位

　　導師制是在三閭大學實施的一種制度，可以說，作者把導師制和這些有學位及無學位的導師也諷刺的一無是處。按常理，學

---

[23]　《智者的心路歷程──錢鍾書的生平與學術》，第 142 頁，河北教育出版社，1995。
[24]　《一代才子錢鍾書》，第 102 頁，上海人民出版社，2005。
[25]　《智者的心路歷程──錢鍾書的生平與學術》，第 186 頁，河北教育出版社，1995。
[26]　《我們仨》，第 99 頁，生活・讀書・新知三聯書店，2003。

位證明了一個人的學識，學銜證明了一個大學教師的水平，但是在三閭大學中，這些都不能證明什麼，在這個學校裏，多的是爾虞我詐，明爭暗鬥，少的是嚴謹教學和治學，所以，從導師制的失敗我們看到了學位與學銜的無用。拿方鴻漸來說，他的教學僅僅是「對付得過」的事情，目的不在於教書育人，趙辛楣對於學生的評價也是很低的，「現在的學生程度不比從前——」「學生程度跟世道人心好像是在這裝了橡皮輪子的大時代僅有的兩件退步的東西——」[27]所以，方鴻漸僅用一本從圖書館翻出來的《倫理學綱要》就對付了所有的學生。關於導師制，它是起源於牛津大學的，這種制度被當地人比作「牛津皇冠上的寶石」，但三閭大學所模仿的牛津導師制效果怎樣，用趙辛楣的話來說：「外國的一切好東西到中國沒有不走樣的。」[28]例如，與學生同桌吃飯引起的爭論，未結婚的男導師帶女學生的問題，吃飯前要有祝福語等等，都引起人們的哄堂大笑。裏面的諷刺和表現出的嗤之以鼻也是極其到位的。像對於吃飯祝福語這事，兒女成群的經濟系主任就說道：「乾脆大家像我兒子一樣，念：『吃飯前，不要跑；吃飯後，不要跳——』」。[29]

　　至於真正的牛津導師制度，是「每個學生有兩位導師，一是學業導師，一是品行導師。」[30]分別指導學生的學業和品德。他們的假期也非常長，讓學生可以自由支配時間，學會學習。如楊絳所說：「牛津學制每年三個學期，每學期八周，然後放假六周。第三個學期之後，是長達三個多月的暑假」「牛津假期相當多，鍾書把假期的全部時間投入讀書。」[31]在這期間，導師也與學生

---

[27]　《錢鍾書選集　小說詩歌卷》，第270頁，南海出版公司，2001。
[28]　《錢鍾書選集　小說詩歌卷》，第286頁，南海出版公司，2001。
[29]　《錢鍾書選集　小說詩歌卷》，第289頁，南海出版公司，2001。
[30]　《我們仨》，第72頁，生活·讀書·新知三聯書店，2003。
[31]　《我們仨》，第73頁，生活·讀書·新知三聯書店，2003。

保持聯繫。可見，牛津導師制是在關注學生生活同時，更重要的是針對學生的學習，做到使學生啟發思維，觸類旁通，並能獨立思考問題。而三閭大學對於導師制度只是限於一些生活表面上的指導，並沒有深入到其導師制的精神實質和內核當中。錢鍾書本人曾說過：「我常奇怪，天下何以有這許多人，自高奮勇來做人類的義務導師，天天發表文章，教訓人類。」[32]「這種可尊敬的轉變，目的當然極純正，為的是拯救世界，教育人類，但是純正的目的不妨有複雜的動機。」[33]三閭大學的教師想必是屬於這種有複雜動機的想做人類導師而又做不得好導師的人物。因此，我們必須認識到教育要獲得成功，不能像《圍城》中，教師和學生都只關注其學位和學銜，而應該把重心放在培養學生和自身學識的提高上。

三、學位與專業

（一）《圍城》中對專業的看法

不同專業所獲得的學位是不同的，因為專業在人們心目中分量的不同，所以學位的含金量也會因為專業的不同而不同。如今，到高考之際，每位家長不僅在為子女報考什麼大學發愁，也為他們所要報考的專業發愁，有時會為了選一個好專業而放棄一個好大學。在《圍城》

---

[32] 《寫在人生邊上　人生邊上的邊上　石語》，第 37 頁，北京：生活‧讀書‧新知三聯書店，2002。
[33] 《寫在人生邊上　人生邊上的邊上　石語》，第 38 頁，北京：生活‧讀書‧新知三聯書店，2002。

的第三章中，作者借曹元朗之口對各專業有了這樣一個評價：「在大學裏，理科學生瞧不起文科學生，外國語文系學生瞧不起中國文學系學生，中國文學系學生瞧不起哲學系學生，哲學系學生瞧不起社會學系學生，社會學系學生瞧不起教育系學生，教育系學生沒有誰可以給他們瞧不起了，只有瞧不起本系的先生。」[34]這句話乍一聽好像難以理解，但細細分析，便覺得有道理了。在第六章介紹高松年的時候，便說到大學校長分文科出身和理科出身兩類。文科出身輕易做不到這個位置，我們國家是最提倡科學的國家，沒有旁的國家肯這樣給科學家大官做。[35]這一句便道明瞭理科的地位，所以理科生會瞧不起文科生。在錢鍾書的〈論文人〉中，說過這樣一句話：「文學是倒楣晦氣的事業，出息最少，鄰近著饑寒，附帶了疾病。我們只聽說有文丐，像理丐、工丐、法丐、商丐等名目是從來沒有的。」[36]「偏是把文學當作職業的人，文盲的程度似乎愈加厲害。」[37]這也證明了百無一用是書生的說法。文中又說，「惟有學中國文學的人非到外國留學不可。因為其他科目像數學、物理、哲學、心理等都從外國灌輸進來的，早已洋氣十足，只有國文是國貨土產，還需要外國招牌，方可維持地位。」[38]這又道出了外文系瞧不起中文系，哲學系瞧不起社會學系的道理，因為土貨始終是比不上外國貨的，所以才有這麼多人要去留洋，即使學國文的也要到國外去「鍍金」。至於學教育的人為什麼只有瞧不起自己先生的分了，文中也有所指示，趙辛楣

---

[34] 《錢鍾書選集　小說詩歌卷》，第 168 頁，南海出版公司，2001。

[35] 《錢鍾書選集　小說詩歌卷》，第 263 頁，南海出版公司，2001。

[36] 《寫在人生邊上　人生邊上的邊上　石語》，第 54 頁，北京：生活・讀書・新知三聯書店，2002。

[37] 《寫在人生邊上　人生邊上的邊上　石語》，第 47 頁，北京：生活・讀書・新知三聯書店，2002。

[38] 《錢鍾書選集　小說詩歌卷》，第 113 頁，南海出版公司，2001。

和方鴻漸談到導師制時，鴻漸說到：「導師制有什麼專家！牛津或劍橋的任何學生，不知道得更清楚麼？這些辦教育的人專會掛幌子唬人。照這樣下去，還要有研究留學、研究做校長的專家呢。」[39]可見，在作者心中，學教育的人是唬人的，在學校的系中地位算是最低下的了，像在三閭大學中的教育系是屬於文學院的，最終要分出去成為獨立的師範學院。因此，錢鍾書對專業的評價是非常深刻和有見地的，反應了當時的社會形式和人們對各專業的看法。

（二）學位論文與專業

要獲得某個專業的學位，無論是學士、碩士還是博士，都要撰寫學位論文。學位論文是指學位申請者為取得博士、碩士和學士學位而撰寫的學術研究性論文，它是高等教育的重要成果和授予相應學位的主要依據。[40]在《圍城》中歸國的兩個博士，一是方鴻漸，二是蘇文紈，由於方鴻漸是假文憑，自然不用寫論文，蘇文紈則寫了一篇論文榮獲博士學位，文中是這樣描寫的，說「她在里昂研究法國文學，做了一篇《中國十八家白話詩人》的論文，新授博士。」[41]作為一個專門到法國研究法國文學的學生，寫論文居然是中國的白話詩人，可見其學位是混來的。「方鴻漸小的時候就讀過《三國演義》、《水滸傳》、《西遊記》，」[42]在他歸國回來邀請他做演講的時候，他翻了一些線裝書，什麼《問字堂集》、《癸巳類稿》《七樓經集》、《談瀛錄》之類，看的津津有味。[43]另外，在《圍城》中他的

---

[39]　《錢鍾書選集　小說詩歌卷》，第 284 頁，南海出版公司，2001。
[40]　《學位論》，第 76 頁。人民教育出版社，2005。
[41]　《錢鍾書選集　小說詩歌卷》，第 116 頁，南海出版公司，2001。
[42]　《錢鍾書選集　小說詩歌卷》，第 143 頁，南海出版公司，2001。
[43]　《錢鍾書選集　小說詩歌卷》，第 134 頁，南海出版公司，2001。

幽默對話，更是旁徵博引，通曉古今，見解獨特。這說明了以他的才智學歷，寫一篇像蘇文紈這樣的文章，獲得一個冠冕堂皇的博士學位，是一件很簡單的事，但是他不願意自己被學位所束縛，而是作為一個「遊學生」，興趣頗廣。另外，從文中可見，在當時，獲得學位要寫論文已經逐漸走向規範化了，我們可以從這句話可以得出，唐小姐說：「可是現在普通大學亦得做論文。」方鴻漸說：「那麼，她畢業的那一年，准有時局變動，學校提早結束，不用交論文，就送她畢業。」[44]所以畢業要寫論文已成定律。在學校裏，除了寫畢業論文，如果能在什麼雜誌上發表幾篇文章，更是一件提高身價的事情。在第六章提到韓學愈的時候，說他的履歷表除了博士學位以外，還有著作散件美國《史學雜誌》《星期六文學評論》等大刊物中[45]，這樣便把高松年唬的團團轉了。無論其真實性與否，但可見發表文章對一名學者是很重要的。在現在的社會，又何嘗不是這樣呢。所以，論文對學位的獲得，對專業的影響是很重要的。但是寫文章像蘇小姐，會讓人感覺「讀他的東西，總有一種吃代用品的感覺，好比塗麵包的植物油，沖湯的味精。」[46]錢鍾書主張寫文章要「學問貴在專門」，對於一些問題，要「我在自己找到確切證據以前，也不敢武斷。」[47]同時，寫文章做學問萬萬不可抄襲，他在對偏重形式的古典主義的流弊有這麼一段分析，說它「把詩人變得像個寫學位論文的未來碩士博士『抄書當作詩』，要自己的作品能夠收列在圖書館的書裏，就得先把圖書館的書放在自己的作品裏。」[48]楊絳也說過：「讀書鑽研學問，當然得下苦功夫。」[49]可見，

44　《錢鍾書選集　小說詩歌卷》，第 171 頁，南海出版公司，2001。
45　《錢鍾書選集　小說詩歌卷》，第 275 頁，南海出版公司，2001。
46　《錢鍾書藝術人生妙語錄》，第 133 頁，海峽文藝出版社，1992。
47　《錢鍾書藝術人生妙語錄》，第 132 頁，海峽文藝出版社，1992。
48　《錢鍾書藝術人生妙語錄》，第 300 頁，海峽文藝出版社，1992。

做論文不是一件簡單的事，除了要繼承前人的觀點，更要有自己的創新。除此之外，不同國家的學位是不同的，並且反應了國家發展的程度，從這句話表現的就很明顯了，張先生評價方鴻漸時，說道：「德國貨總比不上美國貨呀。什麼博士！」「歐戰以後，德國落伍了。汽車、飛機、打字機、照相機，哪一件不是美國花樣鼎新！我不愛歐洲留學生。」[50]可見學位反應出世界的形式。

　　通過《圍城》，我們需要考慮，讀書是為什麼，是為了學位，還是學到知識。錢鍾書有一句話說的很好，他說：「蓋讀書，本為『靈魂之冒險』，鬚髮心自救，樹之為規律，威之以夏楚，懸之以科舉，以求一當，皆官樣文章而已！」[51]所以讀書不是為了學位。學位固然具有虛假性，但它的建立是不無道理的，它推動了高等教育的發展，對於高校的管理更是一個大的進步。只不過在當今社會，把虛假性擴大了，因為大學的擴招和學校配套措施的不到位，獲得學位也越來越容易，大學生質量下降。本科生、碩士生、博士生的學位論文拼盤嚴重，發表文章也有許多抄襲現象。我們該如何保持學位的質量，大學生的質量，是一個急需解決的問題。同時，社會過於重視學位的現象也急待於改觀，現在出於興趣而專注於學問的人越來越少，去攻讀碩博士學位的人許多是出於一定的利益，像找工作，晉升等。所以，我們需要用一個正確的態度來對待學位，在提高學位質量的同時更多的關注學生對知識的追求，對學識的興趣。

49　《楊絳作品集　二卷》，第 327 頁，中國社會科學出版社，1993。
50　《錢鍾書選集　小說詩歌卷》，第 142 頁，南海出版公司，2001。
51　《錢鍾書散文》，第 410 頁，浙江文藝出版社，1997。

參考文獻

1　錢鍾書，《錢鍾書選集　小說詩歌卷》[M]，海口：南海出版公司，2001。

2　范旭侖，李洪岩，《錢鍾書評論卷一》[M]，北京：社會科學文獻出版社，1996。

3　李洪岩，《智者的心路歷程——錢鍾書的生平與學術》[M]，石家莊：河北教育出版社，1995。

4　李洪岩，《錢鍾書與近代學人》[M]，天津：百花文藝出版社，2007。

5　湯晏，《一代才子錢鍾書》[M]，上海：上海人民出版社，2005。

6　牟曉朋、范旭侖，《記錢鍾書先生》[M]，大連：大連出版社，1995。

7　錢鍾書，《錢鍾書散文》[M]，杭州：浙江文藝出版社，1997。

8　錢鍾書，《寫在人生邊上　人生邊上的邊上　石語》[M]，北京：生活・讀書・新知三聯書店，2002。

9　楊絳，《我們仨》[M]，北京：生活・讀書・新知三聯書店，2003。

10　楊絳，《楊絳作品集二卷》[M]，北京：中國社會科學出版社，1993。

11　李喜所，《留學生與中外文化》[M]，天津：南開大學出版社，2005。

12　君華，《錢鍾書藝術人生妙語錄》[M]，福州：海峽文藝出版社，1992。

13　唐翠萍，《學位論》[M]，北京：人民教育出版社，2005。

14　[意]利瑪竇、[比]金尼閣著，何高濟譯，《利瑪竇中國札記》[M]，北京：中華書局，1983。

15　高桂娟、陳嵩，《英國學士學位制度的特點及啟示》[J]，遼寧教育研究，2007（3）：71-73。

16　劉江，〈「好讀書」和楊絳〉[N]，人民日報，2001.9.27（12）。

錢基博、錢鍾書父子的圖書館情緣

無錫市圖書館

殷洪

　　錢基博先生（1887-1957 年，江蘇無錫人）是我國近現代著名的教育家、學問家，他一生經經維史，學貫四集，筆耕不輟，著作等身，在學界享有盛譽，只是由於歷史原因較少為世人所認知。其子錢鍾書先生（1910-1998 年），則因其創作的小說《圍城》和學術巨作《管錐編》而名震學壇，為海內外學人所推崇甚而形成「錢學」，被譽為二十世紀的「文化昆侖」，成為近三十年來中國文史界少有的學術泰斗。一門父子同被尊為國學大師、學界宗師級大學者實為近代以來所少見。今年是錢鍾書先生去世十周年，特刊此文以志懷念。

　　縱觀錢氏父子成長、生存的歷史和環境，世人不難發現他們身上有著許多相通的特性，如家學背景、學問方法、性格潛質、處世哲學等，當然還有他們畢生讀書、教書、著書以至愛書如命的嗜好，然而卻很少有人知道錢基博、錢鍾書父子在他們的人生歷程中還曾有過一段父子類似的特殊情緣，那就是他們與圖書館的親密關係。

一、錢基博與圖書館

錢基博字子泉，又啞泉，別號潛廬。錢姓為江南望族，宗祖可追溯到五代時的吳越王錢鏐，宋時自浙江遷入無錫。至錢基博祖、父輩主要以教書為生，「所以家庭環境，適合於求知，而且求知的欲望很熱烈」[1]。早承家學，後又從師問學，十多歲時已打下紮實的學問根基。十八歲時因〈中國輿地大勢論〉一文得到梁啟超的賞識，由此開始了他一生不輟的筆耕生涯。二十來歲已儼然成為當地受人矚目的古文家和國學家。至 1937 年到浙江大學任教之前，他的前半輩子主要是在家鄉無錫度過的。

親任館長，管理圖書。江蘇無錫地處江南腹地，太湖之濱，自古以來物華天寶、人傑地靈。在民國時期，作為全國有名的模範縣，其不僅是我國民族工商業的發祥地，還是近代興辦新式教育、創始社會教育的策源地。正是由於其在民國時期經濟、文化、教育等諸多領域的特殊地位，使得這一時期的無錫在許多方面都走在了全國的前列，圖書館事業也不例外。「江蘇六十縣，無錫號為壯縣，而就圖書館而論，亦以無錫為巨擘」[2]。

1912 年，丁寶書、顧倬、侯鴻鑒等一批鄉紳聯名上書當時的無錫縣軍政分府，請求設立圖書館，得到縣府的同意。同年啟動，前後歷時三年，於 1915 年元旦正式開放。成為當時國內最早建成的縣立公共圖書館之一。

此時的錢基博雖只有二十多歲，但其文名已經遠播江蘇境內外，並已有過兩次短暫但榮耀的外出從政、從軍的經歷。1913 年 8

---

[1]　錢基博，《自我檢討書》，傅宏星，《錢基博年譜》，武漢：華中師範大學出版社，2007：263。

[2]　錢基博，《無錫縣立圖書館歷年概況》，無錫：無錫縣立圖書館，1928。

月，錢基博回到無錫出任無錫縣立第一高等小學教員，自此正式開始其持續一生的漫長的從教生涯。作為當地的文化名人，從 1911 年起先後參與地方一些重要文告和碑記等起草。1913 年 2 月由他起草了〈無錫圖書館碑記〉，記載該館成立的緣由、目的和籌建過程。

　　1915 年元旦，無錫縣立圖書館隆重開館，出席開幕儀式的本邑及外地來賓有千餘人，成為當時轟動縣城的一件新鮮事。其時出任經董（即館長）的是地方名士侯鴻鑒先生。侯鴻鑒（1872-1961）字葆三，號病驥，無錫人，江蘇近代教育的開拓者。時任民國臨時教育會議員和無錫縣教育會會長，兼任圖書館館長一職。1918 年 3 月侯鴻鑒奉教育部之命，到河南、陝西等地視察教育，圖書館的管理暫時無人主持。

　　1918 年初無錫縣府擬重修縣誌，聘錢基博為主任纂修。時任江蘇省立第三師範學校教員的錢基博積極謀劃獻策，先後撰寫了〈覆楊畦韭縣長規劃修志辦法書〉、〈無錫縣新志目說明書〉等文稿，並進入了實際編纂階段，後由於地方意見不合，全志沒有修成。正是由於這段經歷，同年 6 月，縣府考慮到圖書館雖有一劉姓主任代為主持，但畢竟缺少總攬全綱之人，乃任命錢基博為縣立圖書館經董，在侯鴻鑒外出考察期間主持圖書館的日常工作。因他仍在省三師任教，圖書館的職務與他而言僅是一份兼職，然而他在兩年半的經董任上還是投入了極大的熱情和努力，認真履行管理圖書館的職責。

　　多途徑補充圖書，充實豐富館藏。由於當時的圖書館從屬縣教育局管理，每年所撥經費非常有限，除去人頭費、運行開銷及雜費等，真正用於購書的款項更是少之又少，因此在錢基博擔任經董的那兩年多時間裏，館藏的補充除購買外，通常還通過捐贈、寄存、交換、借抄等方式來廣泛採集，其中僅接收捐贈就占全年補充入藏圖書總量的三分之一左右。

　　搜羅鄉賢著述，保護地方文物。錢基博在他任上，十分重視對鄉邦文獻和地方文物的搜集和保護，如校印鄉賢著述，函請京師圖書館代為抄寫鄉賢遺書，雇工駐館修繕圖書，訪求本邑歷朝碑刻，雇工捶拓崇安寺唐經幢石刻、管社山楊紫淵墓碑，摹拓文廟宋元碑石，收藏地方文獻的印刷版片等，於弘揚地方歷史文化裨益甚多。

　　建章立制，規範圖書館管理。錢基博早年的兩次從政經歷使其深諳管理之道。在他任上，除了修訂《無錫縣立圖書館章程》外，還先後訂定了《無錫縣立圖書館駐館辦事員辦事細則》、《事務所規約》、《館員借閱書籍規約》等制度。其中的《駐館辦事員辦事細則》除了明確規定三條通則外，另還針對主任員、編校員、管理員、庶務員四種不同的崗位分別明確其職責各若干項。1920年初，還嘗試用試驗法招錄圖書館練習生，推想可能與如今公務員招考的方式類似，應考者 5 人，錄取 1 人，並訂定《練習生暫行規程》以規範其行為。

　　重視文獻整理，善用公關手段。錢基博在他任上十分重視館藏的整理和開發，先後主持輯錄《無錫縣立圖書館鄉賢書目》，續編《無錫縣立圖書館藏書目錄》。1919 年初，起草編制《無錫縣立圖書館刊刻錫山先哲叢書計畫書》，建議以地方鄉紳集資成立一萬元出版基金的方式，來保障叢書的系列出版，得到政府的認可。錢基博還親自致函當地的著名實業家榮德生和薛南溟，極盡讚譽之辭向他們募集資金，如將榮德生比作美國的卡內基，充分展示了其作為館長的外交公關才能。此叢書自 1922 年起陸續出版了 4 輯 11 種，後因抗戰爆發而終止，很遺憾沒有完成《計畫書》上所列之宏偉目標。

　　編制圖書館彙刊，擴大社會影響。1920 年 6 月，錢基博主持編制了《無錫縣立圖書館彙刊》，將該館自 1912 年籌備起所有的紀事及相關文檔彙聚刊刻，一方面累積業務檔案，另一方面以便宣

傳和索求。該刊共分九個部分，一、為歷年紀事；二為法令，含教育部圖書館規程、教育部通俗圖書館規程、教育部通令各省縣圖書館注意搜集保存鄉土藝文文、內務部通令保管公私藏書及板片印刷等物公文；三為本館規程，含無錫縣立圖書館章程、徵集圖書簡章、館員辦事細則、試行巡迴文庫章程等；四為函牘；五為經費報告；六為圖書計數；七為閱覽狀況；八為藝文；九為附錄。附錄列全國各省縣圖書館地址表，許多當時的通訊聯絡人都是如今赫赫有名的人物，如國立大學（北大）圖書館是李大釗，清華大學圖書館是袁同禮，武漢文華大學公書林為沈祖榮。

此外，在其任上還有一件值得記憶的事件，那就是 1920 年 6 月 21 日，美國著名教育家、圖書館學家杜威博士來錫講學，於省三師宣講實用主義教育思想。事後錢基博曾撰寫〈我聽杜威博士演講之討論〉一文刊於 1920 年 12 月的《新無錫》上。至於當時他是否與杜威博士探討過圖書館學思想那就不得而知了。

1920 年 12 月底，無錫縣立圖書館的管理由經董制改為館長制，錢基博的經董身份也至此終結。在兼任圖書館經董的兩年半中，錢基博搜羅鄉賢著述，校印地方文獻，編制館藏書目，革新內部管理，募集出版資金，為圖書館的經營付出了艱辛的努力，並使之成為民國時期縣立公共圖書館的一個典範，「為全國一千八百縣中之最先進者也，一切規制常為後進諸縣所取則焉。」[3]

知書教書，指引門徑。錢基博作為我國近代傑出的教育家、文史學家，一生治學極廣，博通四部之學，著述豐厚。據不完全統計，正式出版的學術專著 29 部，加上教材、雜著、稿本等約計 60 餘種，而散見於解放前各類報刊、鄉賢著述、譜牒家乘中的文章則更是數不勝數。其中有相當一部分著述是與圖書館的業務有關聯的。如版

---

[3]　錢基博，《無錫縣立圖書館刊刻錫山先哲叢書計畫書》，1919。

本學方面的力作《版本通義》，第一次將版本學列入了學術研究的體系。目錄學方面，主要體現在解題、提要、別錄等的編纂上，如〈《周易》解題及其讀法〉、〈《四書》解題及其讀法〉、〈《文史通義》解題及其讀法〉、〈古文辭類纂解題及其讀法〉、〈《老子·道德經》解題及其讀法〉、〈古籍舉要〉、〈國學必讀〉、〈國學文選類纂〉、〈讀《莊子·天下篇》疏記敘目〉、〈讀清人集別錄〉等。而〈孫子章句訓義〉、〈文心雕龍校讀記〉、〈鍾嶸《詩品》校讀記〉等，更是注重會通，將版本、目錄、校讎學融為一體。這些著述一方面為學人指引讀書治學的門徑，另一方面也充分體現了他「博學多識，提要鉤玄，融會貫通」的目錄學、文獻學思想和深厚的治學理念、功底和造詣。

　　藏書捐書，無私奉獻。錢基博一生讀書、管書、著書、教書，與書結下了不解之緣。在他晚年更是將自己一生收藏的數萬冊私人藏書，無償捐贈給他所執教的華中大學（後改名為華中師範學院）圖書館，以充實當時較為匱乏的館藏。又將自己珍藏的銅、玉、陶瓷古器和古幣等大小數百件檔贈給該校歷史系籌建歷史博物館。另外，將所餘部分的碑帖、字畫千餘件贈予當時的蘇南文物管理委員會，方志千餘種贈予江蘇泰伯文獻館。錢基博將自己畢生收藏全部徹底地獻給國家，其無私的境界著實令人敬佩，值得稱道。

二、錢鍾書與圖書館

　　錢鍾書字默存，早年畢業於清華大學外文系，後赴英國牛津大學留學，回國後先後在清華、湖南藍田國立師範、上海震旦、暨南等大學任教，1953 年以後一直在中國社科院從事文學研究。1941 年出版了散文集《寫在人生邊上》，1946 年出版了短篇小說集《人·鬼·獸》，

1947 年出版長篇小說《圍城》，1948 年出版《談藝錄》，1979 年出版《管錐編》，此外還有《宋詩選注》、《七綴集》、《也是集》等著作。

從小愛讀書。錢鍾書出生於書香門第，出生時恰逢有人給其祖父送來一套《常州先哲叢書》，故為其取名「仰先」，字「哲良」，後周歲抓周抓了本書，故又正式改名為「鍾書」。由其取名，便可看出其家庭濃濃的文化氣息和書香氛圍。五歲始由伯父啟蒙授學，十歲時已念完《孟子》、《論語》、《毛詩》、《禮記》和《左傳》等書。閒暇時常隨伯父上街消遣，在租書攤上看了許多小說書。一肚皮的故事加上出眾的記憶力和口才，使他理所當然成為家族裏一群堂兄弟姐妹中的「故事大王」。上東林小學後開始接觸到林紓翻譯的西洋小說，由此激發起其學習西方語言、進而精研西方思想和文化的強烈的願望。中學階段先後在蘇州桃塢中學和無錫輔仁中學度過，課餘閱讀了大量《小說世界》、《紅玫瑰》、《紫羅蘭》等刊物和《聖經》、《天演論》等西方文學、哲學原著，為其日後的文學研究打下了深厚扎實的知識功底。

大學時代深度利用圖書館。1929 年，錢鍾書因其出眾的國文和英文成績被清華大學破格錄取。入學後的錢鍾書立志要「橫掃清華圖書館」，他勤奮刻苦，幾乎足不出戶，古今中外，遍覽群書。其同班同學許振德在〈水木清華四十年〉一文中回憶錢鍾書時稱其「中英文俱佳，且博覽群書，余在校四年期間，圖書館借書之多，恐無能與鍾兄相比者，課外用功之勤，恐亦乏其匹。」另一位同學饒餘威在〈清華的回憶〉一文中也說：「他自己喜歡讀書，也鼓勵別人讀書。他還有一個怪癖，看書時喜歡用又黑又粗的鉛筆劃下佳句又在書旁加上他的評語，清華藏書中的畫線和評語大都是出自此君之手筆。」那時的錢鍾書，讀書之多，中英文功底之雄厚，已遠遠超出了他的同齡人。

　　1935 年，錢鍾書通過英庚款第三屆留學生考試，赴英國牛津大學留學。牛津作為世界聞名的大學城，其圖書館也堪稱一流。博多利圖書館作為英國第二大圖書館（僅次於大不列顛圖書館），其藏書遠比清華圖書館要豐富得多，錢鍾書如饑似渴，盡情飽覽，故將此館戲稱為「飽蠹樓」。由於該館圖書只供參考概不外借，到館讀書，只准攜帶筆記本和鉛筆，書上不准留下任何痕跡，只能邊讀邊記。因而，正是在那裏錢鍾書養成了讀書記筆記的習慣，並保持終身。

　　一輩子鍾書癡書。錢鍾書從小受家庭的書香薰陶，自小養成愛讀書愛思考的習慣。孩童時期的求知好學，大學時代的博覽群書，為其日後的學問打下深厚的知識功底。1938 年回國後，先後任清華大學、西南聯大、藍田國立師範學校等校教授，建國後一直任中國社會科學院古典文學研究所研究員。他平生淡泊，獨鍾情於書，幾近「書癡」，「只要有書可讀，別無所求。」[4]據說，當年他對清華大學圖書館館藏的熟悉幾乎超過圖書管理員，不用檢索就能知道某本書在圖書館某一室某一架某一層，而在其後來工作的文學所圖書館，其中許多線裝書的借閱記錄卡上都只有錢鍾書一個人的名字。由此可見其利用圖書館的深度和廣度。

　　錢鍾書在讀書同時，還兼做大量的筆記。他的好讀書是肯下功夫的，不僅邊讀邊做筆記，好書還會讀兩遍三遍四遍，筆記上也不斷地添補。所以他讀過的書不易遺忘，幾乎都刻在他的腦子裏。與生俱來的記憶天賦，再加上他的這份刻苦勤奮，以及持之以恆，使他往來於中西文化間，遊刃有餘，為其日後的學術輝煌奠定了堅實的基礎。其學術專著《談藝錄》、《管錐編》中徵引的典籍就

4　楊絳，《記錢鍾書與〈圍城〉》，長沙：湖南人民出版社，1986。

有近萬種，甚至引用了不少連西方都早已湮沒無聞的作品。由此推想，其蓄存於大腦「記憶庫」中的圖書不亞於一個上規模的圖書館，不愧為古今中外利用圖書館的典範。

兼職圖書館。錢鍾書終身不輟利用圖書館，遨遊於中西文化之間，練就了其百科全書式的學識，也成就了他非凡的學術功績。他以自己的親身體驗，深知圖書館對人的一生有何等重要。因此，他也非常樂意為圖書館事業盡自己的一份力。1946 年，任教於當時上海暨南大學的錢鍾書，愉快地接受了國立中央圖書館的邀請，擔任其英文館刊《書林季刊》（Philobiblon）的總纂。《書林季刊》的辦刊宗旨「以介紹吾國學術於域外，俾謀文化之溝通。」[5]主要欄目包括論著（Articles）、書評（Critical）、書刊簡介（Abstracts）及新書目錄等。該刊自 1946 年 6 月創刊至 1948 年 6 月停刊，前後共出版了兩卷七期。

《書林季刊》與我國早期其他圖書館刊物一樣，並不局限於發表本專業文章，其內容涉及哲學、語言、文學、歷史等方面，是一份人文類的學術雜誌。因為早在 1940 年至 1944 年間，錢鍾書就曾擔任過國立北平圖書館英文館刊《圖書季刊》（Quarterly Bulletin of Chinese Bibliography）的首席編委（其牛津時的學位論文就是在該刊上發表的），因而主編《書林季刊》對他而言並不陌生。在此期間，錢鍾書不辭辛勞，定期往返南京，閱稿終審。由於他在當時學界有著較為廣泛的人脈關係，為其組稿帶來了很大便利，先後有許多名家如鄭振鐸、賀昌群、楊憲益等為《書林季刊》寫稿。在他的主持下，該刊物辦得有聲有色，成為當時一本頗引人注目的學術期刊，「能不脛而走，風行海外」。[6]

5　南京圖書館，《南京圖書館館志》，南京：南京出版社，1996：261。
6　《戰後兩年來的國立圖書館與博物館》，中華教育界，1948。

　　值得一提的是，錢鍾書先生在編纂《書林季刊》的同時，還親自為該刊撰稿。在《書林季刊》所出的兩卷七期中，由他撰寫並署名（C.S.Chien）發表的各類文章就有七篇，另有一些署他人姓名、或乾脆不署名的文章。因此，《書林季刊》不僅是中國現代圖書館史上一份重要的期刊，也成為「錢學」研究中的一份珍貴史料。

　　錢基博、錢鍾書父子博古通今，學貫中西，著作甚豐，享譽學界，然又潔身自好，淡泊功名，實為難得。父子倆終生愛書、讀書、教書、寫書，與圖書結下不解之緣，而且在其人生的某個時期都曾與圖書館發生過密切的聯繫，雖然這些經歷帶有很大的偶然性，但仔細推究，不難發現偶然性的背後還是有著某種必然的東西。自幼受書香家庭崇尚學習的環境薰陶，以及從小養成的善於讀書勤於思考的治學習慣，加上讀書、教書、著書的人生經歷，使他們父子一輩子與圖書有緣，以至於因書結緣，前後供職圖書館，親身體驗圖書館員和館長的甘苦和樂趣，為我國近代圖書館事業的建設和發展貢獻了他們的智慧和力量。作為曾經的同仁和前輩，他們值得我們當今圖書館人去尊敬和懷念。

參考文獻

1　傅宏星，《錢基博年譜》，武漢：華中師範大學出版社，2007。

2　南京圖書館，《南京圖書館志》，南京：南京出版社，1996。

3　劉桂秋，《無錫時期的錢基博與錢鍾書》，上海：上海社科院出版社，2004。

4　《無錫縣立圖書館歷年概況》，無錫：無錫縣立圖書館，1928。

5　《無錫縣立圖書館彙刊》，無錫：無錫縣立圖書館，1920。

6　孔慶茂，《錢鍾書傳》，南京：江蘇文藝出版社，1992。

7　楊絳，《為有志讀書求知者存》，讀書，2001（9）。

8　張翔、方曙，〈錢鍾書先生與《書林季刊》〉，安慶師範學院學報（社會科學版），25（5）（2006）。

9　涂耀威，《錢基博文獻學成就三論》，圖書與情報，2007（1）。

10　徐豔芳，《考鏡源流、辨章學術——錢基博的目錄觀》，圖書情報工作，2007（9）。

11　孫傑，〈錢鍾書與圖書館〉，江蘇圖書館學報，1992（4）。

附錄

錢鍾書學術研討會議程

上午 9:00 開會：主持：謝泳（廈門大學中文系）

1、廈大中文系主任李無未致歡迎辭。

2、廈大人文學院院長周寧講話。

3、研討開始：

　　　　發言人：劉夢溪（中國藝術研究院中國文化研究所）

　　　　　　　　胡曉明（華東師大中文系）

　　　　　　　　劉永翔（華東師大古籍所）

　　　　　　　　龔　剛（澳門大學中文系）

　　　　　　　　王人恩（集美大學中文系）

　　　　　　　　楊春時（廈門大學中文系）

　　　　　　　　俞兆平（廈門大學中文系）

　　　　　　　　黎　蘭（廈門大學中文系）

　　下午 3:00 開會：主持：田衛平（《學術月刊》雜誌社）

　　　　發言人：高恒文（天津師大中文系）

　　　　　　　　陳福康（上海外國語大學文學所）

　　　　　　　　李洲良（哈爾濱師大中文系）

　　　　　　　　王依民（廈門大學出版社）

　　　　　　　　賀昌盛（廈門大學中文系）

　　　　　　　　謝　泳（廈門大學中文系）

錢鍾書學術研討會參會人員名單

劉夢溪：中國藝術研究院中國文化研究所。

龔　剛：澳門大學中文系。

田衛平：上海《學術月刊》雜誌社。

王乃莊：北京商務印書館。

叢曉眉：北京商務印書館。

胡曉明：華東師大中文系。

劉永翔：華東師大古籍研究所。

王人恩：集美大學文學院中文系。

張克峰：集美大學文學院中文系。

李洲良：哈爾濱師範大學人文學院中文系。

高恒文：天津師大文學院中文系。

趙成孝：青海師大文學院中文系。

潘　濤：上海辭書出版社。

陳福康：上海外國語大學文學研究所。

本校參會人員：
楊春時、俞兆平、王宇、黎蘭、周寧、李無未、王依民、賀昌盛、賀霆、謝泳、

碩士研究生：
孫玲玲、林建剛、龔元、楊寧、余巧英、林驍、張麗琴、段吉玲

錢鍾書學術研討會籌備日誌

　　2008 年 2 月間：周寧希望中文系多有一些學術活動。今年是錢鍾書逝世十周年，可以此主題開一學術會議。周囑謝泳起草報告。

　　2008 年 2 月 20 日：謝泳起草會議申請報告送周寧。報告全文如下：

關於舉辦錢鍾書與中國現代學術
——紀念錢鍾書逝世十周年學術研討會的申請報告

社科處並校領導：

　　錢鍾書是中國現代學術發展中的關鍵人物，他前後生活在不同的兩個時代，對中國傳統學術、中國現代學術和西方現代學術都有深入理解。他在中國現代學術和中國現代文學方面的貢獻世所公認，他的《談藝錄》《管錐編》《圍城》已成為公認的現代學術和現代小說經典。作為中國現代學術的代表性人物，錢鍾書的學術史地位已得到確立。他的學術成就已成為中國文化的重要組成部分，特別是代表了二十世紀後半葉中國人文學術的最高水準。

　　作為一個有個性和思想的中國現代知識份子，錢鍾書家學源淵，早歲出身清華，青年留學歐洲，中年教學西南聯大，晚年在中國最高學術機構從事學術研究。一生經歷豐富，交遊廣泛，對中國現代政治、思想、學術、藝術以及其他相關學科都有創造性貢獻，在同時代學者中，其學術研究的格局和深度都達到了相當廣闊的程度，具備豐富的研究價值。

　　廈門大學人文學院中文系，是國內最早把錢鍾書研究作為學科對象探討的大學，在鄭朝宗先生的引領下，開中國「錢學研究」的先河，並取得了豐富的研究成果，培養了國內最早一批專門研究錢鍾書的學者，最早出版了以《管錐編研究論文集》為代表的學術專著，一時成為國內關於錢鍾書研究的主要基地，國內凡研究錢鍾書的學者，無不以廈門大學中文系為主要學術先鋒。

　　2008 年 12 月 19 日是錢鍾書逝世十周年，廈門大學人文學院中文系選擇這個時刻紀念錢鍾書，一為表達對錢鍾書和中國現代學術的敬意，一為重振中國錢鍾書學術研究做學術準備。我們希望借紀念錢鍾書與中國現代學術的機會，整合國內外錢鍾書研究的學術力量，開創中國錢鍾書研究的新局面。

　　本次會議的主題是：錢鍾書與中國現代學術。本次會議由廈門大學人文學院中文系獨家主辦。

　　希望能在以下議題中展開討論：

　　1、錢鍾書生平中新發現的史料。

　　2、錢鍾書在中國現代政治生活中的選擇。

　　3、錢鍾書舊體詩的文學史地位。

　　4、錢鍾書與清華大學外國語文系。

　　5、錢鍾書與西方漢學家的交往。

　　6、錢鍾書對中國現代文藝學的貢獻。

　　7、錢鍾書對中國古典文學研究的貢獻。

　　8、中外錢鍾書研究史。

　　9、錢鍾書學術對中國現代文化的啟示。

　　10、錢鍾書的比較文學研究視野。

　　11、錢鍾書的跨文化研究思想。

12、錢鍾書跨文化研究思想中的西方知識體系。

13、錢鍾書對西方學術的理解和借鑒。

14、錢鍾書散文的藝術成就。

15、錢鍾書短篇小說的藝術成就。

16、錢鍾書《圍城》與中國現代知識份子。

17、錢鍾書《貓》與中國現代文學中的「京派」。

18、錢鍾書與周作人的關係。

19、錢鍾書與胡適的關係。

20、錢鍾書與魯迅的關係。

21、錢鍾書與毛澤東的關係。

22、錢鍾書的思想與人格。

23、錢鍾書舊體詩中的當代中國政治。

24、錢鍾書與思想改造。

25、錢鍾書與與反右運動。

26、錢鍾書與文革。

27、錢鍾書全集的編纂問題。

28、錢鍾書和他的同時代人。

29、錢鍾書對中國現代知識份子的認識。

30、錢鍾書與《毛澤東選集》《毛澤東詩詞》的翻譯情況及他在其中的作用。

以上論題為啟發思路，並不局限於此，希望能在更為廣闊的思路中開展思考，並在此基礎上撰寫學術論文。

會議時間為 2008 年 12 月 19-20 日兩天。

18 日報到，21 日離會。

食宿由會議主辦方承擔，往返路費回原單位報銷，會議不收會務費。請在 2008 年 11 月 20 日前告訴會議主辦方詳細通訊方式及是否能提交論文和參加會議。會議結束後將出版學術論文集。

會議聯繫人：謝泳

擬邀請參加會議者名單（不包括本省市及本校參會人員）：

張隆溪（香港大學）

劉再復（香港中文大學）

劉夢溪（中國藝術研究院文化研究所）

陸文虎（解放軍藝術學院）

解志熙（清華大學中文系）

陳平原（北京大學中文系）

陳思和（復旦大學中文系）

丁　帆（南京大學中文系）

何開四（四川文聯理論研究室）

陳子謙（四川社會科學院文學研究所）

李洪岩（中國社會科學院馬列研究院）

范旭侖（大連圖書館）

張文江（上海社會科學院文學所）

張　泉（北京社會科學院文學所）

季　進（蘇州大學中文系）

徐　雁（南京大學情報與資訊系）

龔　剛（北京大學比較文學研究所）

欒貴明（中國社會科學院文學研究所）

吳　彬（《讀書》雜誌社）

張　弘（《新京報》首席文化記者）

夏　　榆（《南方週末》首席文化記者）

徐　　烈（《南方人物週刊》主編）

陳　　香（《中華讀書報》首席學術記者）

陸　　灝（《文匯報》學林專刊主編）

方　　寧（《文藝研究》雜誌社）

廈門大學人文學院中文系

2008 年 2 月 20 日

　　2008 年 3 月初：在周寧辦公室商量會議具體事宜。參加者楊春時、俞兆平、周寧、黎蘭、賀昌盛、謝泳。討論議定會議不確定主題，開小會。四月初發第一輪通知，十月第二周發正式通知。謝泳負責修改並起草第一輪通知。

　　2008 年 4 月 10 日：確認第一輪通知並寄出。通知如下：

錢鍾書學術研討會

——紀念廈門大學「錢學」研究三十年第一輪通知

各位先生：

　　錢鍾書是中國現代學術發展中的重要人物，他前後生活在不同的兩個時代，對中國傳統學術、中國現代學術和西方現代學術都有深入理解。他在中國現代學術和中國現代文學方面的貢獻世所公認，他的《談藝錄》、《管錐編》、《圍城》已成為公認的現代學術和現代小說經典。作為中國現代學術的代表性人物，錢鍾書的學術史地位已得到確立。他的學術貢獻已成為中國文化的重要組成部分。作為一個有個性和思想的中國現代知識份子，錢鍾書家學源淵，早歲出身清華，青

年留學歐洲，中年任教西南聯大，晚年在中國最高學術機關從事研究。一生經歷豐富，交遊廣泛。在同代學者中，其學術研究的格局和深度都達到了相當廣闊的程度，具備豐富的研究價值。

　　廈門大學人文學院中文系，是國內第一家把錢鍾書的學術作為研究方向的機構，在鄭朝宗先生的倡導下，培養了國內第一批專門研究錢鍾書文學批評思想的學者，並出版了以《管錐編研究論文集》為代表的學術專著。

　　2008 年 12 月 19 日是錢鍾書逝世十周年，廈門大學人文學院中文系選擇這個時刻紀念錢鍾書，一為表達對錢鍾書和中國現代學術的敬意，一為重振中國錢鍾書學術研究做學術準備，整合國內外錢鍾書研究的學術力量，開創中國錢鍾書研究的新格局。希望廣開思路，就錢鍾書的生平及學術思想的各個方面撰寫學術論文。

會議主題：錢鍾書與中國現代學術。

會議主辦：廈門大學人文學院中文系。

會議時間：2008 年 11 月 21-24 日。

會議地點：廈門大學。21 日報到。22 日開會。23 日遊覽。24 日離會。

會議住宿、往返路費回原單位報銷，會議不收會務費。

請在 2008 年 6 月 30 日前，告知會議主辦方能否參加會議。同時告知：詳細通訊方式（住址、電話和電子信箱）及是否提交論文並參加會議。

論文截止日期為 10 月 15 日，以電子文本形式發到謝泳的信箱。

會議結束後將出版學術論文集。

論文注解格式為：頁下註腳方式。例如：錢鍾書：《七綴集》第 125 頁，上海古籍出版社，1985 年，上海。

會議聯繫人：謝泳

會議正式通知將在 10 月 20 日前後發出，會議相關事宜以正式通知為准。

廈門大學人文學院中文系

2008 年 4 月 10 日

2008 年 4 月 12 日：謝泳寄出會議第一輪通知，名單如下：

錢鍾書學術研討會發通知名單

劉夢溪：北京市朝陽區惠新北里甲一號中國藝術研究院文化研究所
　　　郵編：100029

陸文虎：北京市海淀區中關村南大街 18 號解放軍藝術學院院長辦公
　　　室　　郵編 100081

解志熙：北京清華大學中文系　　郵編：100087

陳思和：上海復旦大學中文系　　郵編：200433

王水照：上海復旦大學中文系　　郵編：200433

何開四：四川省成都錦江區紅星中路 2 段 85 號省文聯理論研究室
　　　郵編：610016

陳子謙：四川成都市一環路西一段 155 號　四川省社會科學院文學
　　　研究所　郵編：610072

李洪岩：北京建國門內大街 5 號中國社會科學院馬列主義研究
　　　郵編：100732

範旭侖：大連市西崗區長白街 7 號大連圖書館　郵編：116000

張文江：上海市中山西路 1610 號上海社會科學院文學所
　　　　郵編：200235

張　泉：北京市朝陽區北四環中路 33 號北京社會科學院文學所
　　　　郵編：100101

季　進：江蘇省蘇州市十梓街 1 號蘇州大學中文系　郵編：215006

徐　雁：南京漢口路 22 號南京大學情報與資訊系　郵編：210093

龔　剛：北京大學比較文學研究所　郵編：100087

樂黛雲：北京大學比較文學研究所　郵編：100087

樂貴明：北京建國門內大街 5 號中國社會科學院文學研究所轉郵
　　　　編：100732

錢中文：北京建國門內大街 5 號中國社會科學院文學研究所轉郵
　　　　編：100732

王乃莊：北京王府井大街 36 號商務印書館　郵編：100710

叢曉眉：北京王府井大街 36 號商務印書館　郵編：100710

陳子善：上海中山北路 3663 號華東師大中文系　郵編：200062

胡曉明：上海中山北路 3663 號華東師大中文系　郵編：200062

殷國明：上海中山北路 3663 號華東師大中文系　郵編：200062

胡萬鑄：上海中山北路 3663 號華東師大出版社　郵編：200062

夏中義：上海華山路 1954 號上海交大文學研究所　郵編：200030

王人恩：廈門集美大學中文系　郵編：361021

景國勁：廈門集美大學圖書館　郵編：361021

程亞林：武漢市珞珈山武漢大學中文系　郵編：430072

陳旋波：福建泉州市華僑大學文學院　郵編：362021

井緒東：貴陽市科學路 66 號貴州省文聯理論研究室　郵編：550002

李洲良：黑龍江省哈爾濱師範大學江北校區人文學院中文系
　　　　郵編：150025

吳　彬：北京市東城區美術館東街 22 號《讀書》雜誌社
　　　　郵編：100010
陸　灝：上海市武夷路 416 弄 3 號 2503 室　郵編：200050
方　寧：北京市朝陽區惠新北里甲一號中國藝術研究院《文藝研究》
　　　　雜誌社　郵編：100029
陳劍瀾：北京市朝陽區惠新北里甲一號中國藝術研究院《文藝研究》
　　　　雜誌社　郵編：100029
臧克和：青島市寧夏路 308 號青島大學中文系轉郵編：266071
許　龍：廣東嘉應學院中文系　郵編：526061
馮芝祥：上海烏魯木齊南路 396 弄 10 號 2 樓上海三聯書店
　　　　郵編：200031
高恒文：天津市河西區八裏台衛津路 241 號天津師大文學院
　　　　郵編：300074
劉永翔：上海中山北路 3663 號華東師大中文系　郵編：200062
以下人員沒有發第一輪通知，開會前一個月專門通知。
張　弘：《新京報》首席文化記者
張　英：《南方週末》上海首席文化記者
徐　烈：《南方人物週刊》主編
陳　香：《中華讀書報》首席學術記者
朱　競：《文藝爭鳴》雜誌社
高秀芹：北京大學出版社

2008 年 4 月-9 月間：

周寧告知校社科處已批復會議經費一萬元。
上海胡曉明電子郵件並囑發劉永翔通知。

廣東肇慶學院許龍回信可參會。

劉夢溪電話儘量參會。

上海陸灝電話收到通知但未確定能否參會。

欒貴明電話不參會。

蘇州大學季進短信因赴臺灣東吳大學客座，不克與會並囑寄會議相關文件，推薦大連範旭侖參會。我告知前已發通知但未見複。

李洪岩電子郵件不參會。推薦大連范旭侖、天津百花文藝出版社高為參會。高是老朋友，1998年曾責編我兩本書。

武漢大學程亞林電子郵件稱已退休不克與會。

集美大學中文系王人恩電子郵件可參會。

楊春時囑發《學術月刊》田衛平通知。

賀昌盛囑發集美大學中文系蘇涵、姚楠通知各一份。

上海外國語大學陳福康電子郵件詢可否參會。已複並寄通知。

高恒文電話可參會並提交論文。

周寧囑發青海師大人文學院趙成孝通知一份。已回復可參會。

周寧告知《學術月刊》田衛平可參會。

2008年9月6日：與周寧到逸夫樓安排會議房間。約定：克立樓普通標準間12個，克立樓豪華雙人間3個，以備不時之需。

2008年9月7日：王人恩寄論文〈錢鍾書與紅樓夢〉，為本次會議收到第一篇論文。

2008年9月19日：南京大學徐雁短信可參會並有論文。

2008年10月6日：今日會議正式通知發出，共16份。同時發本校與此議題相關的老師：

王乃莊、叢曉眉、胡曉明、劉永翔、王人恩、許龍、高恒文、陳福康、田衛平、王成、傅瑛、潘濤、朱競、高秀芹、王依民、楊春時、賀昌盛、俞兆平、黎蘭等。

2008 年 10 月 9 日：今日交周寧會議正式通知 5 份，託其到北京開會時分送相關學者。

2008 年 10 月 12 日：今日接澳門大學龔剛電子郵件，稱可以參加會議並提交論文。題目為《錢鍾書對新人文主義的誤讀》。

2008 年 10 月 19 日：今日收到哈師大文學院李州良電話，稱可以參加會議並寄論文。晚已電子信箱作覆。

2008 年 10 月 20 日：天津師大文學院高恒文電子郵件，可以參會並提交論文。青海師院趙成孝來電子郵件，可以參加會議。

2008 年 10 月 30 日：今日胡曉明從香港來信，答應參加會議，我鬆了一口氣。

2008 年 10 月 30 日：恒文兄來信，可參加會議。我又鬆了一口氣。開會和請客一樣，最怕沒有人來。

2008 年 10 月 30 日：廣東肇慶學院許龍來信，不能參加會議。

2008 年 10 月 31 日：今天在人文學院旁文印室商量會議手冊印刷、音響設備及會標懸掛等細節，已安排妥當。

2008 年 11 月 13 日：今天到逸夫樓安排會議食宿。

2008 年 11 月 15 日：上午劉夢溪電話可參會並告論文題為〈錢鍾書的學術態度和學術方式〉。下午周寧短信安排田衛平返程火車票事宜。朱競短信她和高秀芹不能參會，但囑有論文可寄《文藝爭鳴》發表，最好是一組文章。至此會議籌備工作全部完成。

國家圖書館出版品預行編目

錢鍾書和他的時代——廈門大學錢鍾書學術研討
會論文集 / 謝泳主編. -- 一版. -- 臺北市
: 秀威資訊科技, 2009.03
　　面 ；　　公分. -- (語言文學類；AG0097)
BOD 版
含參考書目
ISBN 978-986-221-189-2(平裝)

1. 錢鍾書 2. 學術思想 3. 文學評論 4.文
集

848.6　　　　　　　　　　　　98003640

 語言文學類　AG0097

錢鍾書和他的時代
——廈門大學錢鍾書學術研討會論文集

編　　者 / 謝　泳
主　　編 / 蔡登山
發 行 人 / 宋政坤
執行編輯 / 賴敬暉
圖文排版 / 姚宜婷
封面設計 / 陳佩蓉
數位轉譯 / 徐真玉　沈裕閔
圖書銷售 / 林怡君
法律顧問 / 毛國樑　律師
出版印製 / 秀威資訊科技股份有限公司
　　　　　台北市內湖區瑞光路 583 巷 25 號 1 樓
　　　　　電話：02-2657-9211　　　傳真：02-2657-9106
　　　　　E-mail：service@showwe.com.tw
經 銷 商 / 紅螞蟻圖書有限公司
　　　　　台北市內湖區舊宗路二段 121 巷 28、32 號 4 樓
　　　　　電話：02-2795-3656　　　傳真：02-2795-4100
　　　　　http://www.e-redant.com

2009 年 3 月 BOD 一版
定價：240 元

讀 者 回 函 卡

感謝您購買本書，為提升服務品質，煩請填寫以下問卷，收到您的寶貴意見後，我們會仔細收藏記錄並回贈紀念品，謝謝！

1. 您購買的書名：＿＿＿＿＿＿＿＿＿＿＿＿＿＿＿＿＿＿

2. 您從何得知本書的消息？

　　□網路書店　□部落格　□資料庫搜尋　□書訊　□電子報　□書店

　　□平面媒體　□ 朋友推薦　□網站推薦　□其他＿＿＿＿＿＿

3. 您對本書的評價：(請填代號　1.非常滿意 2.滿意 3.尚可 4.再改進)

　　封面設計＿＿＿　版面編排＿＿＿　內容＿＿＿　文/譯筆＿＿＿　價格＿＿

4. 讀完書後您覺得：

　　□很有收獲　□有收獲　□收獲不多　□沒收獲

5. 您會推薦本書給朋友嗎？

　　□會　□不會，為什麼？＿＿＿＿＿＿＿＿＿＿＿＿＿＿＿＿＿＿＿

6. 其他寶貴的意見：＿＿＿＿＿＿＿＿＿＿＿＿＿＿＿＿＿＿＿

　　＿＿＿＿＿＿＿＿＿＿＿＿＿＿＿＿＿＿＿＿＿＿＿＿＿＿＿＿

　　＿＿＿＿＿＿＿＿＿＿＿＿＿＿＿＿＿＿＿＿＿＿＿＿＿＿＿＿

　　＿＿＿＿＿＿＿＿＿＿＿＿＿＿＿＿＿＿＿＿＿＿＿＿＿＿＿＿

讀者基本資料

姓名：＿＿＿＿＿＿＿＿＿＿　年齡：＿＿＿＿　性別：□女　□男

聯絡電話：＿＿＿＿＿＿＿＿　E-mail：＿＿＿＿＿＿＿＿＿＿

地址：＿＿＿＿＿＿＿＿＿＿＿＿＿＿＿＿＿＿＿＿＿＿＿＿＿＿

學歷：□高中(含)以下　　□高中　　□專科學校　　□大學

　　　□研究所(含)以上 □其他　＿＿＿＿＿＿＿

職業：□製造業 □金融業 □資訊業 □軍警 □傳播業 □自由業

　　　□服務業 □公務員 □教職　□學生 □其他＿＿＿＿＿＿

（請沿線對摺寄回,謝謝!）

秀威與 BOD

BOD（Books On Demand）是數位出版的大趨勢，秀威資訊率先運用 POD 數位印刷設備來生產書籍，並提供作者全程數位出版服務，致使書籍產銷零庫存，知識傳承不絕版，目前已開闢以下書系：

一、BOD 學術著作—專業論述的閱讀延伸
二、BOD 個人著作—分享生命的心路歷程
三、BOD 旅遊著作—個人深度旅遊文學創作
四、BOD 大陸學者—大陸專業學者學術出版
五、POD 獨家經銷—數位產製的代發行書籍

BOD 秀威網路書店：www.showwe.com.tw
政府出版品網路書店：www.govbooks.com.tw

永不絕版的故事・自己寫・永不休止的音符・自己唱